失われた
TOKIOを求めて

高橋源一郎
Takahashi Genichiro

JN068370

インターナショナル新書　097

はじめに　わたしがTOKIOを歩いたわけ

健康のために散歩をするようになった。鎌倉に住んでいるので、寺の間の小道を抜け、海岸に出て、観光客の姿のない道を選んで歩くことにしている。ぐるりと一回りする、いつも決まったコースだ。だから、目の前を見慣れた風景が通りすぎてゆく。

あるとき、なんとなく、同じ道をいつもとは逆向きに歩いてみた。驚いた。同じ道を歩いているはずなのに、目にする風景がまるでちがうのである。もしかして道に迷ったのでは？　そう思って、道のまん中で止まってしまったのも一度ではない。周りを見ずに、ただ歩いていただけなのだ、と思った。

そのとき、稲村ヶ崎の近くの少し奥まったあたりで、崩れかけたブロック塀が目に入った。いつもの方向ではわからなかったが、逆方向からは見えたのである。なんとなく見たことがある気がして、しばらく立ち止まっていた。不意に気づいた。四〇年以上前、肉体労働をしていた頃、自分で積んだブロック塀だったのである。そのころ、わたしは、まだ二十代半ばだった。そして、すぐ近くの寺に水をもらいにいったことも思い出した。ブロック塀の中にあった家はもうなくなって、更地になっていた。なにかが蘇ってくる気がしたが、それを正確に言い表すことは難しい。

それからは、散歩をするときの気分が少しちがうようになった。もう少し、周りを見ながら歩くようになったのである。

久しぶりに、東京を歩いてみたくなった。わたしが初めて東京に来たのは六歳のときで、そのときの風景はほとんど残っていない。

歩いていると、鎌倉で逆向きに散歩したときのように、過去の風景が蘇ってくることがあった。そこには、もう存在しない、わたしの過去の時間が埋めこまれているようだった。だが、それは、誰にでもある経験だろう。

誰の目にも同じように見える、現在の東京の風景の向こうに、わたしの時間が埋めこまれた、別の東京の風景があるように思えた。それを、わたしは、仮に「ＴＯＫＩＯ」と呼んでみた。それは、近未来的な東京の呼び方であると同時に、その中に「ＴＯＫＩ（時）」

が入りこんだ名前でもある。

わたしの「TOKIO」は、わたしにしか見えない。けれども、東京に住む人たち、東京に関わりのある人たちには、みんな、それぞれの「TOKIO」があるのだと思う。

歩きながら、かつての東京について書かれたものをいくつも読んだ。そこにもまた、たくさんの「TOKIO」があった。歩きながら、そんな、無数の「TOKIO」について考えるのも楽しかった。いや、当たり前のことだが、「TOKIO」はどこにでもあるのだ。東京以外のあらゆる場所にも。

この本を読んで、みなさんが、みなさんの「TOKIO」について、思いを馳せてくれるなら、そして、頁を閉じ、久しぶりに歩いてみようかと思ってもらえるなら、それ以上の喜びはありません。

目次

写真　編集部

御茶ノ水　文化学院、夢の跡

二〇一九年一二月四日

残された文化学院の看板の前でポーズをとる作家。
蔦の張りつく壁に青く錆びたプレートがあった。

炎上

　およそ半世紀も前のことだった。週に何度か、わたしは御茶ノ水駅に降りた。降りると、いつも、ツンとくるような臭いが漂っていた。機動隊が発射するガス弾の「残り香」だった。そして、その臭いを嗅ぐと、いつも、胸の動悸が激しくなるのだった。

　駅の周りをジュラルミンの楯を並べた機動隊員が取り囲み、降りてくる学生を睨《にら》みつけているときにも、ひそかに考えていることを見透かされているのではないかと思い、改札口を出て、下を向いて歩きながら、やはり鼓動が高まるのだった。

　この間、テレビで香港でのデモ隊と警官隊がぶつかり合うシーンを見ていたら、知人のひとりから電話がかかってきた。

「見てる？」

「見てるよ。テレビ」とわたしは答えた。

「×××を見ろよ」

　知人はインターネットで香港から二四時間ライヴ配信をしているサイトの名前を教えてくれた。

「ずっとやってるよ。道路と大学だ」

夥《おびただ》しい数の黒いマスクをしたデモ隊と警官隊が激しく衝突していた。警官隊の側から次々とガス弾が発射され、煙の尾を引いていた。そして、何人もの若者が引き倒され、その場で殴られたり蹴られたりしていた。まるで、自分が引きずり倒されているような気がした。画面が切り替わって大学が映り、そこでは、夥しい数の火炎ビンが構内から投げられ、地面に落ちて、そのたびに炎が舞い上がった。

「同じだね。あの頃と」

わたしはうなずいて、そうだ電話で話していたのだ、と気づいた。

「半世紀もたつのに、まるで変わらない」と、電話の向こうで知人はいった。

いや、とわたしは思った。彼らには、守るべきものがあって、そのために戦うべき相手と戦っている。それが「ふつう」だ。いまは？　守るべきものはないのか。戦うべき相手はいないのか。どうやら、そうらしい。この国では、もうあんな「市街戦」を見かけることはない。

画面の向こうで、十数人の、おそらくは学生たちが後ろ手に手錠をかけられて座らされていた。疲れたような、同時に安堵したようなその表情は、ひどく幼いようにも見えた。

門とシャンデリア

久しぶりに御茶ノ水駅を降りて、少し歩いた。どの街よりも若者の姿が多い、と思った。いまでも、大学の街であることに変わりはない。けれど、このあたりを歩いていると、時々、どこを歩いているのかわからなくなる。知らない場所に迷いこんだような気がするのだ。おそらく、わたしの中に、まだ「あの頃」の地図があって、その地図にはない風景を見ると、どこを歩いているのかわからなくなるからだろう。

ある大学の、超高層の建物の前を通るたびに、いつも不安な思いにかられた。いや、少し鼻がムズムズした。ここには、かつて別の建物があって、その前の道路は、いつもいちばん激しく「炎上」していたのだ。その建物の脇を通り、ゆっくり坂道を登ってゆく。もう大丈夫。ムズムズ感はなくなった。やがて、蔦《つた》におおわれたアーチ状の小さな建物、いや門が現れた。その横には、見上げるような大木が何本も生えていた。ここが、都心の一角だとは誰も思わないだろう。

「あの頃」にも、この場所にこの門はあった。けれども、わたしは、この小さな丘の下の道を大きな声をあげ、手には石を持って、走り回っていた。少し離れたところに、こんな静かな場所があることを知らなかった。わたしの「地図」には、この場所は存在しなかっ

近代的な建物が並ぶ「とちの木通り」に忽然と現れる元・文化学院の門。

たのである。

わたしが、その「門」を訪ねたのは、急速に冬が近づいてくる頃で、蔦も、その傍らの樹木の葉も、緑ではなく少し茶色っぽくなっていた。

その、まるで別の時代からやって来たような、威厳に満ちたアーチ状の門をくぐると、入る者たちを圧倒するような高層ビルが控えていた。

アーチをくぐろうとすると、すぐ横の壁に緑のプレートが埋めこまれているのがわかった。

「文化学院創立の地

1921年4月に文化学院は、西

村伊作　与謝野鉄幹　与謝野晶子　石井柏亭らによってこの地に創立され、その他山田耕筰　河崎なつ　有島生馬　高浜虚子らが教鞭をとった。その後、菊池寛　川端康成　佐藤春夫ら著名な文学者もつづいて加わった」

わたしは、その近くにもうひとつ、もっとずっと古い、青い金属の錆《さ》びが目立つプレートも見つけた。そちらの方は、ただ、この文字だけが刻まれていた。

「文化学院
ＢＵＮＫＡ　ＧＡＫＵＩＮ
１９２１創立」

江戸時代、神田地域は、町人地と武家地が密接した場所だった。明治維新の後、旧幕府直轄地は政府に接収され、そこに官立学校が設置される。以降、近代日本の教育の中心地として、私立の学校がその後を追うように建てられていった。東京法学社（現・法政大学）の創立は一八八〇（明治一三）年、同じ年、専修学校（現・専修大学）も創立されている。

翌一八八一（明治一四）年が明治法律学校（現・明治大学）、一八八五（明治一八）年が英吉利《イギリス》法律学校（現・中央大学）、一八八九（明治二二）年が日本法律学校（現・日本大学）である。官民一体となって、近代国家創出のため、有為の人材の輩出を競っていた。その中心地が、神田・お茶の水だった。

建物内部へと続く優雅な階段は文化学院時代の遺産。現在は日本BS放送（BS11 イレブン）所有。

ところが、その近代国家揺籃の地のはずれに、他の学校群とはまったく異なる理想を求めて、ひとりの男が「文化学院」という名前の、夢の学校を作った。およそ百年前、一九二一（大正一〇）年のことである。

いま、その場所を思い出すことができるのは、古いアーチ状の門とプレート、そしてその先にある優雅な階段だけだ。

門を抜けると、豪奢な舞踏会へ向

かうために作られたような階段がある。わたしはゆっくりと上がっていった。高い天井にはシャンデリアがあった。そして、時代を感じさせるタイル敷きのフロアには、趣味のいい木製の机と椅子がいくつも置かれていた。白い壁に取り付けられたランプもまた、昭和の、いやもしかしたら大正の雰囲気を醸しだしているようだった。けれども、そこまでだ。目の前にある、白い塗り壁の中にくり抜かれた小さな入口をくぐり抜けると、もうそこは、超モダンなビルのフロアだ。

現代へと繋がる、その入口の手前のフロア。そこに、柔らかいシャンデリアのオレンジの灯に照らされて、ぼんやりと椅子と机が浮かび上がっていた。場違いといえば場違いだ。そんな優雅な空間は、いまの社会では居場所がないのだ。

そこには誰もいないはずなのに、わたしには、ざわめきのようなものが聞こえてくるような気がした。遥か遠い、時の向こうから、である。

地上に天国を作る

一九二〇（大正九）年の夏のことだった。近代短歌の巨人として知られる与謝野鉄幹・晶子夫妻は、長野県沓掛《くつかけ》の別荘に、西村伊作と、その友人で中学教師をしていた河崎なつらを迎え、「芸術合宿」という名の共同生活をおくっていた。伊作は、長女のアヤ、長男の久二、叔父の大石誠之助の長女、ふかを伴って参加していた。見わたすかぎりの高原には、秋の草があふれだしていた。おとなも子どもも、みんな、秋の花であるネジバナをスケッチすることにした。みんなの絵を見ていた晶子は、アヤの描いた絵を見ると、こういった。

「絵の天使ね」

その後、みんなでお茶を飲み、のんびり話をしていると、西村伊作がこんなことをいった。

「アヤは四月から女学校に行くのだけれど、東京には良い学校があるでしょうか」

女子の教育事情に詳しい河崎がこう答えた。

「女学校はいま行き詰まっていまして」

すると、それまで黙ってみんなの話を聞いていた晶子が、強い口調でこういった。

「西村さん、アヤちゃんのはいる、学校を作ったらどうです」

それに呼応するように、鉄幹もいった。

「西村君そうしたまえ、こんないい娘さんを、立派に成長させることは愉快な立派な事業だよ君」

この夕刻の会話の後、伊作は、彼にとっての「地上の天国」、文化学院の設立に向けて一気に走り始めるのである。

バカなことだ。現代の我々なら、そういうだろう。いまでは、新しく学校を作るのは、たいてい金目当ての連中ばかりだ。時の首相の友人とか、なんとか特区に優先的に入れるとか。ところが、西村伊作は、自分の子どもたちのために学校を作ることにした。それも、世界に一つしかない、夢のような学校を、だ。百年前の当時も、伊作の学校は「夢物語」だと考える人間は多かったのである。

その頃、あの詩人で偉大な童話作家の宮沢賢治は、花巻農学校で教師をしていた。そこでの彼のルールは「先生の話を一生懸命聞くこと」「教科書は開かなくていいこと」「頭でなく体で覚えること」だった。文部省や国のルールには従わなかったのだ。

賢治は、国語の時間には、前日書き上げたばかりの「風の又三郎」を朗読して、子どもたちを喜ばせた。伊作が生きた大正、明治と昭和という国の抑圧が強い時代に挟まれた、小春日和のような時代に、いくつもの「自由な教育」を標榜する学校や、賢治のように自由な先生が生きられる場所があった。そんな奇跡の時間は長くは続かなかったのだが。

生活と芸術

西村伊作は一八八四（明治一七）年、和歌山県新宮町に生まれた。その新宮の後背には、神秘の地・熊野が広がっていた。

伊作の父、大石余平は、新宮の名家の出身で、一八五四（安政元）年に生まれた。余平は早くからキリスト教に親しみ、一八八四年に新宮にキリスト教会を建てた。それから三カ月後、伊作が生まれた。伊作とは「イサク」、旧約聖書でアブラハムの息子として知られる名前である。余平は伊作を含む三人の息子たちを徹底的に西洋式（宗教的）に育てた。

伊作の身を激変が襲ったのは一八九一（明治二四）年である。その年、濃尾《のうび》地震が起こり、たまたまチャペルで祈禱会に出ていた伊作の両親は落下してきた煙突の煉瓦の下敷きになり亡くなった。両親を失くした伊作は、母方の祖母・西村もんに引き取られた。もんは「吉野第一の山林地主」として知られていた。伊作は、西洋式の生活から、一気に「三百年以上の年月を経た」古い日本の地主の暮らしに入る。だが、幼い頃のキリスト教と「完全に洋風の日常生活」を忘れたことはなかった。

一八九五（明治二八）年、亡父・余平の末弟である叔父・大石誠之助が五年にわたるアメリカ生活を終えて帰国した。そのとき、誠之助は二八歳、伊作は一一歳であった。誠之助は年の離れた兄の余平に育てられたばかりか、留学の世話もすべて余平に頼っていた。医師の資格を得て日本に戻った誠之助は、大石家の人間として、余平の遺児たちへの責任を強く感じていた。そして、彼らを引き取り、自らの手で育てることにしたのである。誠之助もまた、深くアメリカナイズされた青年であった。その誠之助に、伊作も強く感化され、社会主義への興味を深めていった。

一九一〇（明治四三）年、近代日本最大の事件が起こった。幸徳秋水・管野スガらの社会主義者グループが天皇暗殺を謀ったとして一斉に逮捕されたのだ。「大逆事件」である。現在では、逮捕された者たちの大半の罪状は、フレームアップ（でっち上げ）によるものだったと考えられている。そして、叔父・誠之助もまた、紀州の社会主義者たちのリーダーとして逮捕、死刑に処せられたのである。

誠之助に連なる者として、伊作もまた、厳しい監視下に長く置かれた。この事件がなければ、伊作は、地方の一名士として生涯を終えたかもしれない。けれども、大逆事件は、伊作の運命を変えた。

伊作は、かつて関心を抱いた社会主義から離れ、「文化」へと針路を向けた。内外の芸術家・知識人たちを自宅に迎えいれるようになったのである。

大逆事件の少し前、一九〇七（明治四〇）年、伊作は結婚した。そして、一九〇八（明治四一）年、長女のアヤが生まれると、伊作は、育児を「自分のもっとも大切な仕事」と呼び、全力で家庭教育を始めた。そこには、伊作自身が親から授けられたものが再現されていた。子どもたちに西洋風の生活をさせるだけではなく、創造（芸術）を奨励したのである。

ユートピアとしての学校

伊作は、自由な学校であることを保障するため、あえて、ふつうの学校の資格をとらず、各種学校（洋裁学校や料理学校のような専門学校）として設立することにした。この頃、成城小学校や明星学園、玉川学園のような「自由教育」を標榜する、新しい学校が次々にできていた。だが、伊作の「学校」は、さらに進んだものだった。伊作は、既成の学校教育そのものを完全に否定するところから、すべてを始めたのである。

一九二一（大正一〇）年、文化学院の創設を告げる広告が、「改造」や「中央公論」など有名雑誌に掲載された。入学試験はなく、受験希望者は与謝野夫妻の自宅で面接を受けた。伊作は、受け入れる生徒を「中流以上の芸術を理解する文化的家庭の子女」に絞ることにしていた。定員は四〇名ほどで、授業料は、当時最高額であった慶應義塾大学よりも高く一二〇円だった。学院の教育の責任者となった与謝野夫妻は、一日の大半を学院ですごし、自分たちで作った教科書で授業をすることになった。

美術の責任者には石井柏亭《はくてい》がついた。官製の展覧会である文展に対抗し、二科会を立ち上げた柏亭は反アカデミズムの旗手であり、芸術教育の新しいやり方をこの学校で実験しようとした。

音楽・体育の責任者には、日本を代表する偉大な音楽家として知られる、「赤とんぼ」の作曲家・山田耕筰がついた。

与謝野夫妻、石井柏亭、山田耕筰だけではなかった。優れた作家・芸術家たちが、伊作の構想に賛同し集まってきた。

同年四月二四日、開校式が行われ、新しい学校がついに誕生した。

持てる最高のもの

「第一日目、教室に入った生徒たちは、銘々の机の上に揃えて置かれた厚く立派な教科書の重みに、本物の学問ができる予感に心を躍らせた。地理や歴史、中学代数、中学算術、これらは男子の中学校と同じものであり、そのことだけでも少女たちには誇らしかった。英語の教科書は、丸善を通して外国から取り寄せたものが使われた。さらに、既成の教科書を使うのではなく、先生方自身が特別の教科書をつくって用いた教科も多かった」(『大正の夢の設計家』加藤百合著　朝日選書)

柏亭は自分で絵の手本を描いて教科書とし、現代国語に関しては、国定教科書ではなく、晶子が新しく編纂した。教えたのは河崎なつであったが、中には、教科書中の作品の作者が特別講師として来校し、授業をすることもあった。芥川龍之介や菊池寛や有島武郎である。有島武郎は後に心中し、そのため、文部省は有島の文章を教科書から外すこととなったが、文化学院では問題にさえならなかった。

創立メンバーたちは、持てる最高のものを生徒と共有すべく、カリキュラムを組んだ。最高の芸術に触れさせ、自らの手で作り出すこと。これが、学院の目的であった。そのことによって、生徒たちの知識ではなく、魂をこそ教育しようとしたのである。

伊作は学院の創設者であったが、授業内容について口を出すことはなかった。また、学院には規則らしい規則もなかった。規則で縛ることが常態化している日本の学校とは無縁な存在だったのである。生徒たちはみな、欠席しようが、遊んでいようが、叱られることはなかった。学院では、無限の「自由」が保障されていた。

わたしは、なぜ、この、一風変わった学校に興味を持つようになったのだろう。もしかしたら、わたしが中学・高校時代を過ごした学校が、典型的な進学校だったからなのかもしれない。

そこで唯一、価値があるのは「良い成績」だった。それ以外のものはすべて意味がなかった。教師は「理解なんかしなくていい。解き方だけを覚えろ」と厳命した。中間・期末の試験ごとに成績が一番から最下位まで発表され、成績が悪い方から数人の生徒に、教師が直接「やめた方がいいんじゃないか。つらいだろ。公立に行ったら楽だぞ」と退学勧告を行った。もちろん、他の生徒たちの前で、である。東大や京大に行くことが当たり前で、私立大学に行く生徒は「落伍者」だった。もちろん、それは極端な例かもしれない。だが、「ニッポンの学校」の大半は、「官民一体」となって近代国家創設のための人材を生むために作られた学校と同じ精神で運営されてきた。その呪縛から逃れることができた学校はほとんどなかったのである。「文化学院」のような、稀な例を除いては。

苦難、そして

一九二三（大正一二）年七月、新しい四階建ての校舎が完成したが、その直後、予想もしなかった惨事が学院を襲った。九月一日、関東大震災が起こり、生徒たちが一度も入ることなく、新校舎は焼け落ちたのである。その日、新宮に帰省していた伊作は、震災と校舎焼失の一報を聞くと、濃尾地震で孤児になった自分のことを思い出した。だが、個人的な感慨にふける暇はなかった。伊作は、ただちに校舎の仮建築にとりかかり、地震から僅か三カ月足らずのうちに、授業ができるところまでこぎ着けたのである。

震災は、豊饒だった大正文化の息の根を止めた。だが、伊作の文化学院は、少しずつ形を変えながら生き延びた。

一九三〇（昭和五）年、文学部に創作やジャーナリズムを学ぶ専攻科が設けられ、文学部長に文壇の大御所である菊池寛が就任した。菊池寛は、その人脈を駆使し、昭和文学の担い手たちを惜しげもなく講師として任命したのである。川端康成、横光利一、中河與一、小林秀雄、阿部知二、等々、当時の有名文士を網羅する陣容だった。

「川端康成は型どおりの講義のかわりに、男女の学生たちを引きつれて浅草の街に出かけた。小林秀雄は二十分も遅れて教室に入ってきて、椅子に腰を下ろすなり煙草に火をつける。そのまま数分間が過ぎると、『質問ないの。なければ帰るよ』とじろりと学生を見る」（前掲書）

どちらも、どれほど自由に授業が行われていたかを伝えるエピソードだろう。

一九三一（昭和六）年の満州事変以来、日本は急速に全面戦争への道を歩んでいた。それと同時に、文部省の指導の下、国家主義的な教育へと傾斜していった。だが、文化学院はその姿勢を変えることはなかった。当時の講師に名を連ねたものの中に、三木清、田中美知太郎、清水幾太郎、美濃部達吉、吉野作造、といった偉大な学者たちを見ることができる。やがて、政府や警察が授業の監視をするようになった。それは、決して、学院の教師が社会主義思想を教えたからでも、内部に反戦思想が広がっていたからでもなかった。「自由にものを考える」こと、個人を大切にすること、それ自体が、社会の趨勢と相容れないものになっていたからである。そんな中、伊作は、「倫理」という授業をひっそりと受け持ち、雑談に近い形で、自らの「戦争」への思いを素直に話すことだけはやめなかった。

「昭和十八年四月十二日、雨の日に、伊作は特高課の刑事によって連行され、不敬罪ならびに言論出版集会結社等臨時取締法第十八条（時局に関し人心を惑乱すべき事項を流布したる者は一年以下の懲役若しくは禁固に処す）違反の疑いで拘禁された。学院の『精神講座』（伊作の雑談）の速記録が証拠であった。速記録は十数冊にも及び、至るところに『君主はどんなものであるか。いろいろ学者の説があるが、私の考えて一番正しいと思うのは、君主は社交の中心人物であるという説である』、『我々は、皇后陛下からこじきの娘に至るまで、だれを愛してもよい権利を持つ』などの伊作のことばが記録されていた。

昭和十八年九月一日、学院は強制閉鎖となった。東京都長官の名で『私立学校令第十条ニ依リ昭和十八年八月末日限リ文化学院ノ閉鎖ヲ命ズ』という命令が代読され、理由として『教育方針が我が国是に合わないこと、しかしそれに就ては深く説明出来ないことを遺憾とする』とだけ発表された。

（略）

文化学院が閉鎖されて、生徒は三、四人ずつ散り散りに転校させられた……モンペ

千代田区神田猿楽町にある女坂。とちの木通りから、猿楽通り方面へと下がる急坂。

生活に変わって、学院がどんなに恵まれた別世界であったかを初めて思い知った生徒たちが、『文化学院』の表札が取り去られたアーチの、打ちつけられた板戸の前を行きつ戻りつする姿が見られたという。

このころ、拘置所の薄い茣蓙《ござ》の上に膝を曲げて座って、伊作は静かに考えごとをしていた」(前掲書)

一九四六(昭和二一)年四月、文化学院は再開した。新しく学科が編成され、大学部が出来、六年間の一貫教育体制が整ってゆく。けれども、伊作は変わらず、一九六三(昭和三八)年に亡くなる直前まで校舎の一角に住み、その自由な空間を維持しつづけた。

現存する一四階建てのモダンなビルに変わる前の学院で講義をしたことがある。優雅で古めかしい校舎の中には、まだ、伊作が守ろうとした「大正自由主義教育」の名残りが感じられた。その数年後に、アーチだけを残した新校舎になり、そこから二〇一八(平成三〇)年の閉校までは一直線の道のりだった。個人の自由を徹底的に重んじた文化学院の教育は、軍国主義下のこの国だけではなく、経済発展こそ至上の価値となった戦後、そして、さらに、自由より自己責任を求めるようになったこの国でも、不要のものとなったのである。

文化学院の跡から、とりとめなく、あたりを歩いた。お茶の水から神田にかけて、こんなにも坂があることに、わたしは気づいていなかった。また、古い建物や教会があることにも。文化学院は、この地の「上」から、ずっと「下」の世界で起こることを見つめていたように思える。

あの頃、「下」で走り回っていたわたしたちを、いまはもうないあの建物は、どんな思いで見つめていただろうか。いまとなっては想像することしかできないのだが。

新国立競技場　戦争とスタジアム

二〇二〇年四月一日

K書房のベランダから完成間もない新国立競技場を見る。右手にはかつて明治公園があった。

オリンピックには興味がない。まったく。なので、もうずっと見てもいない。NHKの紅白歌合戦と同じだ。いまもやっているらしいのは知っているが、その時間はたいていもう寝ている。

オリンピックなど見なくても、見るべきスポーツはたくさんある。競馬とか。ゴルフも好きだ。やらないけど。野球も見る。大リーグの中継を。

いや、昔はちゃんと見ていた。オリンピックも紅白歌合戦も朝の連続テレビ小説も大河ドラマもプロ野球の巨人戦も大相撲の中継も、だ。けれども、ある時期から、まったく見なくなった。いつ頃からなのだろう。

あるとき、そのことを考えてみた。どこかで、わたしは変わってしまったのだ。それまでの、過去のわたし、「子ども時代のわたし」が突然終わり、「いまのわたし」になったのである。

追憶の一九六四年

東京オリンピックはテレビにかじりついて見た。不思議なほどよく覚えている。聖火ランナーが国立競技場に入ってくるところ、体操の小野や遠藤、名前が印象的だった三栗《みつくり》。

大松監督率いる女子バレーボールの「東洋の魔女」、キャプテンの河西《かさい》、相手はソ連のエース、ルイスカリ。まるで手品のように相手のボールを返す「回転レシーブ」。「裸足の哲人」アベベがマラソンで勝ち、「ツブラヤ、頑張れ」の円谷は三着。水泳の一〇〇メートル自由形はドン・ショランダー、陸上一〇〇メートルは「黒い弾丸」ボブ・ヘイズ、感動したのは夜になっても決着がつかず延々と続いた棒高跳び、勝ったのはハンセンだった。いくら見ても見飽きなかったのは女子体操で、チェコのベラ・チャスラフスカの平均台や段違い平行棒の演技を食い入るように見た。そして、クライマックスは閉会式だった。礼儀正しかった開会式とは異なって、もう最初から各国の選手たちが入り乱れて入場してきて、それを伝えるアナウンサーの声はひどく興奮していたのだった。

どうして、そんなに覚えているのだろう。ひとりひとりの固有名詞、それから、彼らが走り、跳び、泳いでいる姿が、いまでも瞼の裏に浮かんでくる。その頃の、他の思い出がほとんど映像としては残っていないのに、である。

いうまでもない、ずっとテレビにかじりついていたからだ。ずっと、である。

学校から戻れば、すぐにテレビの前に陣取った。夕方からなら、その日のダイジェストが見られた。土曜・日曜は一日中見ていた。スポーツニュースでは、繰り返し、日本人選手や人気スポーツの結果を放映していた。

当時の記録を調べてみると（『テレビ越しの東京史』松山秀明著　青土社）、一〇月一〇日に行われた開会式の視聴率は八四・七パーセント、すでにテレビの普及率は九〇パーセント近かったから、日本人の七割以上が、テレビの前に座って開会式を見たのである。それが当たり前だった。当時、中学二年のわたしは、「ふつうの日本人」として熱狂的なオリンピックの観客になった。スタンドは、現場ではなく、テレビの前だった。ほとんどの日本人がオリンピックを見ていた。そして、オリンピックはテレビで見るものだったのだ。

その前の年、わたしは、尾道にある母親の実家から大阪・豊中にある父の実家に連れてゆかれ、神戸の名門進学校に通いはじめた。失職した父は姿を消し、母は、有馬温泉の仲居となって住みこみで働き、弟は尾道に残った。わたしはひとりで父の実家から中学に通っていた。勉強をして、テレビを見た。夕方は、人形劇の「ひょっこりひょうたん島」。井上ひさしが脚本を書いた、この伝説的な人形劇の主題歌を、わたしはいまでも歌うことができる。もちろん、作詞も井上ひさしだ。夜には大河ドラマの「赤穂浪士」を祖母や叔母たちと見た。そして、半世紀も前のドラマなのに、そこに登場していた、主演ではない、宇野重吉という名優のクセのあるセリフ回しを、いまでもわたしは真似できるのである。

そして、秋にオリンピックが始まったのだ。もしかしたら、そんなに熱中したのは、家族がバラバラになっていたからなのかもしれない。

夢の跡

もう、「ロックダウン」、首都が封鎖されるという噂が、あちらこちらで聞こえていた。

四月一日、わたしは、地下鉄都営大江戸線の国立競技場駅で降りた。千駄ケ谷駅はよく利用したことがあったが、そのすぐ横に、そんな駅があることなど知らなかった。すでに、東京オリンピック2020の延期は決まっていた。そのせいだろうか、閑散として、客の姿がほとんどない構内に、オリンピックのポスターだけが、哀しげに貼りめぐらされていた。

駅を出て少し歩くと、完成間近の「新国立競技場」が見えてきた。いや、もしかしたら、もう完成しているのかもしれない。だが、その周りは、どこまで行っても工事のために作られた金属製の柵が続いて、中の様子はよく見えなかった。

一カ所だけ、入場門のところから、スタジアムの中が見える場所があって、わたしは、そこから写真を撮った。空っぽのグラウンドや観客席が少しだけ見えた。

柵の内も外も、工事関係の車両が少し出入りするだけで、ひとかげはほとんどなかった。スタジアムの周囲の道でも、車も人も目立って少なくなっていた。まるで、オリンピックはとうに終わり、もう後始末が始まっているようにも見えた。

周りを歩き終えると、道路ひとつへだててスタジアムの横に面したK書房の中に入れていただいた。この「新国立競技場」を眺めるベストポジションは、このK書房のビルなのである。

中に入ると、エレベーターに乗って、最上階のベランダまで行き、そこからスタジアムを見おろした。K書房のこのベランダには、何度も来たことがある。実は、この最上階は、夏には、神宮外苑花火大会を見る素晴らしい観客席に変貌するのである。

わたしは、まだ小さかった子どもたちを連れて、花火を見た。K書房の社員、出版関係の関連会社の人たち、そして、顔見知りの作家たちの顔があったが、みんな、話をするよりも、打ち上がる花火の方に視線を向けていた。

そうだ、あれは何年前のことだったろう、みんなが天空に次々浮かぶ大輪の花を見上げていたとき、担当編集者が、こんなことをいった。

「オリンピックが来るでしょ、また」

「そうだっけ」とわたしは答えた。

「二〇二〇年です」

「だいぶ先だね」

「そこのスタジアムを壊して、新しいスタジアムを作るんだそうですよ」

「そうなの？」

「ほんの少し場所が移動するようです」

「どこへ」

「少し右だと聞きました。なので、その……明治公園がなくなりますね」

実のところ、東京にオリンピックが来ようが、別の都市で開かれようが、わたしには

K書房の屋上に立つ作家。新国立競技場のすぐ横、花火大会を見るのに絶好の位置だ。

興味などまったくなかった。だが、明治公園がなくなることはショックだった。

明治公園は「公園」とは名ばかりで、ただ土のグラウンドが広がっているだけの長方形の場所だった。いまから半世紀も前、大学一年生だったわたしは、毎週のように、バリケードで封鎖された大学のある横浜から、横須賀線で上京した。電車の中には、無頓着にヘルメットを抱え、それぞれが所属している党派や大学の旗を持った学生たちが、何十人も乗っていた。そんな格好の学生にすっかり慣れた乗客たちは、一瞥《いちべつ》するだけで、自分の関心に戻った。新聞を眺めたり、窓の外を見つめたりするのだ。もちろん、スマホなどなかったから、全員が同じ姿勢で同じものを見つめる風景など想像できない頃だった。

品川で降り、山手線に乗り換え、中央線の千駄ケ谷で降りる頃には、他の大学の学生たちの姿が目についた。駅に着き、改札口を出ると、たいていは、いくつものデモの列ができて、駅前の道路で声をあげていた。そして、三々五々、すぐ近くの明治公園に向かうのだった。

小さな集会のときには数百、大きな集会のときには数万の学生が集まり、座りこみ、集会の始まりを待った。ざわめきが高まっていき、ふと後ろをふり返ると、広大な明治公園が人間で埋まっているのが見えた。「ベトナム反戦」や「全共闘」や「大学闘争勝利」と書かれた、さまざまな旗が林立し、あちこちで勝手にシュプレヒコールが起こり、ときには小競り合いも起こった。けれども、その、バラバラの数万の学生たちの気持ちは、どこかで繫がっているように思えた。では、わたしたちは、「なに」で繫がっていたのだろうか。

それは、ことばにできるようなイデオロギーでも、「絆」というような情緒的なものでもなく、ただ、同じ世代の人間が、同じ場所に、何万も集まっている、ということだけだったような気がする。

「同世代」ということばがあっても、それは、抽象的なことばにすぎなかった。教室や大学や、いろいろな場所で、「同世代」の若者たちと会った。それは、ただ「会った」とか「話した」だけだった。けれども、その、明治公園の数万の、同じ方角を向いて座っている、同じ年ごろの青年たちの中にいるとき、わたしは、初めて、「同世代」ということばの意味を知ったように思えた。数万という数にもかかわらず、それは、どこか「ひとり」の個体のようにも思えた。そして、その「ひとり」の若者は、すこしうつむいたまま、考えごとをしているのだった。

ほぼ同じ場所で、その二六年も前に、同じような感慨にふけっていた人がいた。作家の杉本苑子《そのこ》は、一九六四年のオリンピック東京大会の開会式に触れ、こんなことを書いている。わたしが、明治公園の土の上に座っていた、その五年前のことである。

「二十年前のやはり十月、同じ競技場に私はいた。女子学生のひとりであった。出征してゆく学徒兵たちを秋雨のグラウンドに立って見送ったのである。場内のもようはまったく変わったが、トラックの大きさは変わらない。位置も二十年前と同じだという。オリンピック開会式の進行とダブって、出陣学徒壮行会の日の記憶が、いやおうなくよみがえってくるのを、私は押えることができなかった。

天皇、皇后がご臨席になったロイヤルボックスのあたりには、東条英機首相が立って、敵米英を撃滅せよと、学徒兵を激励した。文部大臣の訓示もあった。慶応大学医学部の学生が、送る側の代表として壮行の辞を述べ、東大文学部の学生が出征する側を代表して答辞を朗読した。

音楽は、あの日もあった。軍楽隊の吹奏で『君が代』が奏せられ、『海ゆかば』『国の鎮め』のメロディーが、外苑の森を煙らして流れた。しかし、色彩はまったく無かった。学徒兵たちは制服、制帽に着剣し、ゲートルを巻き銃をかついでいるきりだったし、グラウンドもカーキ色と黒のふた色――。暗鬱《あんうつ》な雨空がその上をおおい、足もとは一面のぬかるみであった。私たちは泣きながら征《ゆ》く人々の行進に添って走った。髪もからだもぬれていたが、寒さは感じなかった。おさない、純な感動に燃えきっていたのである。

オリンピック開会式の興奮に埋まりながら、二十年という歳月が果たした役割の重さ、ふしぎさを私は考えた。同じ若人の祭典、同じ君が代、同じ日の丸でいながら、何という意味の違いであろうか」（『東京オリンピック』講談社「あすへの祈念」）

杉本苑子の文章を読み、わたしは、そのとき、競技場に集まった若者たちのことを考えた。彼らは、どんな気持ちで集まり、そしてなにを思ったのだろうかと。

それからしばらくして、わたしは、その日の様子を教えてくれる映像を見つけた。『雨の神宮外苑　学徒出陣　56年目の証言』は、テレビのNHKスペシャルの放送をDVDにしたものだ。放映されたのは二〇〇〇年。そこには、いまはない戦前の明治神宮外苑競技場と戦後の国立競技場の姿がはっきりと映し出されていた。

一九四三（昭和一八）年一〇月二一日、「出陣学徒壮行会」が国立競技場の前身にあたる明治神宮外苑競技場で開かれた。映像は鮮明で、学生ひとりひとりの表情が驚くほどはっきりとわかった。

早朝から雨が降り続いていた。陸軍戸山学校軍楽隊が明治以来、陸軍で連綿とつづく「分列式行進曲」を演奏する中、午前九時二〇分、七七の学校から集められた学生、約二万五千人が、競技場の門をくぐった。先頭を進むのは、白い校旗を持った東京帝国大学の学生たちだった。驚くべきなのは、学生たちが競技場に入って最初に目にするのが、白くはっきりと記された一〇〇メートル競走のスタート地点であることだった。

それは、二一年後のオリンピックの開会式で、世界の選手たちがくぐったのと同じ場所だった。

「戦場」に赴く者は、みんな、そのスタートラインから場内に入り、白いラインに沿って行進するのである。

スタジアムのスタンドは約五万人の観客で埋め尽くされていたが、その半分の二万五千人は、女子学生だった。

行進が終わると、集会が始まった。首相の東條英機は、こんなふうに学生たちを激励した。

「御国《みくに》の若人たる諸君が
勇躍学窓より征途《せいと》に就《つ》き
祖先の遺風を昂揚し、
仇《あだ》なす敵を撃滅をして、
皇運を扶翼《ふよく》したてまつるの日は
こんにち来たのであります」

それから、首相のことばに応えるように、東京帝大三年の江橋慎四郎《えばししんしろう》が答辞を読んだ。

「生等《せいら》（我ら）いまや見敵必殺の銃剣をひっさげ
積年忍苦の精進研鑽をあげて
ことごとくこの光栄ある重任に捧《ささ》げ
挺身《ていしん》もって頑敵《がんてき》を撃滅せん

生等もとより生還を期せず」

そして、場内は一体となり、「海ゆかば」の合唱が流れた。

異変が起きたのは、出陣する学徒たちが再び行進して、スタジアムを出てゆこうとしたときだった。そのとき、観客席にいた杉本苑子は、わたしが読んだ文章で触れなかったエピソードについてNHKスペシャルの番組の中で語っている。

出てゆく学徒たちに向かって拍手を送っていた女子学生たちの一部が、彼らに近づこうとして席を立った。それが合図となったかのように、女子学生たちがスタンドから雪崩のようになって、去ってゆく学徒たちに一斉に駆けよったのである。

女子学生たちは、学徒たちに手が触れそうになるところまで近づき声をかけたが、彼らはまっすぐ前を見たまま列を乱さず歩きつづけ、やがて競技場を出ていき、ついに戻ってはこなかったのだ。

それは不思議な映像だった。色鮮やかな国立競技場と、モノクロの明治神宮外苑競技場が交互に現れた。カラーの国立競技場は、わたしがよく知っている、テレビで繰り返し見た、あの競技場だ。同じ場所にあったのに、一九四三年の競技場には色がなく、まるで別の世界の建物のようだ。

ＤＶＤを見たあと、しばらく、わたしは不思議な感覚を味わっていた。

それは、わたし自身が、一九四三年の競技場を行進しているような感覚だった。その若者たちの顔つきが、昔のニュースフィルムに出てくるような「過去の人たち」のそれではなく、わたしたちと同じような表情をしていたからだ。

一九四三年に「彼ら」は、「旗」を掲げ、ひとりひとりが「三八式歩兵銃」を担い、角帽をかぶって行進していた。そういえば、わたしたちも、一九六九年、それぞれに「旗」を掲げ、ときには武器となる「棒」を捧げ、頭にはヘルメットをかぶって「行進」していたのだ。

そして、「戦意」をかきたてる演説に耳をかたむけ、気分をさらに昂揚させるために、飾りたてられたことばで演説をしたのである。

一九四三年に競技場に集まり、そこから散っていった二万五千人のうち、およそ三千人が戦死したといわれている。

一九六九年、すぐ横の明治公園に集まった数万、いや、数十万の「学徒」たちは、どこへたどり着き、そのうち何人が「戦死」したのだろうか。「戦場」は、あらゆるところにあったのだから。

追憶の一九六四年・2

中学生のわたしが、テレビで中継される東京オリンピックに無邪気に見入っていた頃、多くの作家が、別の形でオリンピックに「動員」されていた。

オリンピックを称賛し記録するためにである。ちょうど、戦争中、「従軍作家」たちがそうであったようにだ。その中には、戦争中、実際に「従軍作家」の役割を果たした者もいた。信じられないが、オリンピックの年は、戦争が終わってまだ二〇年たっていなかったのだ。そのせいだろうか、作家たちのことばには、戦争を思い起こさせるものも多い。

「七万五千という大観衆を集めた国立競技場の、壮大なかつ華麗な式典を見ながら、私はやがて二十年になろうとする、〈あのころ〉の事を思い出さずにはいられなかった。戦争によって疲弊しつくした日本。瓦礫《がれき》の焦土と化した東京、大阪、横浜。……敗戦後の混乱と、全く自信を喪失していた当時の日本の姿。……あの当時の日本と、この盛儀を開催している日本と、同じ民族の姿だとは信じられない気がするのだ。政治への批判、社会への批判、いろいろな批判はありながらも、わが日本人はわずか二十年にして、よくこの盛典をひらくまでに国家国土を復興せしめたのだ。日本人はそれだけの能力を持っていたのだ」(前掲書「開会式に思う」石川達三)

「オリンピックの本質は世界の運動会だろう。運動会に興味をもてる人ももてない人もいる。百メートルを十秒で走ることに生命をかけている人もいれば、それを途方もなくすばらしいことだと思う人もいる。あるいは逆に、そんなことはバカバカしい、ヒルネでもしていたほうがよいと考える人もいる。両者があってよろしい。よろしいはずである。

しかし、オリンピックとなると、そうはいかないものらしい。そういかなくさせるのが『政治』だろう。『政治』は後者のヒルネ組をまるで『非国民』扱いをする。ヒルネ組の住まうところをないがしろにする」(前掲書「わしがよんだわけじゃない」小田実《まこと》)

オリンピック期間中、那須の別荘にいた、という評論家で翻訳家の中野好夫は「開会式の前日にこちらへ来て、閉会式の翌日には帰るつもりである」として、テレビ観戦をずっとつづけ、こう書いた。

「東京を出てきてほんとによかったと思っている。すべてスポーツは大好きだが、その周辺はきらいなことばかりである。テレビ画像で、そのスポーツだけを純粋無雑にみているにかぎる。どこか遠い外国ででも行なわれているような錯覚まで起って、なんといってもこれは楽しい。例によって気ちがいじみたアナウンサーの興奮と、それにしても露骨すぎるNHKの自己宣伝だけが玉にキズの雑音だが、これは、まあ、ゼイタクすぎる注文というものか。

遠くにありて思うべきものは、どうやら故里だけではなかったようである」(前掲書「オリンピック逃避行」)

一九六四年の東京オリンピックのスポーツとしてのハイライトは国立競技場が最後に使われる日、一〇月二一日のマラソンだった。二一年前の同じ日、学徒たちが去り、戻らなかった同じ場所の門をくぐり、アベベ・ビキラが金メダルを獲得した。二位でスタジアムに戻ってきた円谷幸吉は、トラックでイギリスのヒートリーに抜かれて三位に落ちた。

テレビでアナウンサーが「頑張れ、ツブラヤ」と叫んでいた。苦しそうに走る円谷の顔は忘れられない。結局、このオリンピックで、国立競技場に日の丸の旗をあげることができた選手は円谷だけだった。それから、四年後、メキシコオリンピックの開催年の正月、円谷は頸動脈を切って自殺した。遺書には「幸吉は、もうすっかり疲れ切ってしまって走れません」と書いてあった。円谷は自衛隊員であり幹部候補生でもあった。

一九六四年、一三歳のわたしに戦争は無縁だった。わたしは、どこにでもいる「ふつう」の中学二年生で、オリンピックとは「世界の祭典」であり「平和の祭典」で、誰もが心の底から楽しむべきものだった。競技場でなにがあったのかも、もちろん知らなかった。

だが、それから五年後、わたしは、国立競技場のすぐ横の公園に座り、「旗」と「棒」を持って、「行進」し、楯を持った「敵」と激突していた。それは小さな「戦争」だったのだ。

オリンピックが「平和の祭典」だというなら（なにしろ、古代ギリシアでは、オリンピックのために、戦争が一時中断されることになったというのだから）、東京オリンピックは、逆に「戦争」にとりつかれていたことになる。

一九四〇（昭和一五）年の東京オリンピックは、日中戦争の勃発や軍部の反対で開催が返上された。一九六四年の東京オリンピックのメイン会場は、前の戦争で二万五千の学生を戦場に送りこんだ場所であり、オリンピックの様子を後の時代に書き残すために「動員」された作家たちは、戦争の記憶が鮮明に残った者たちだった。そして、二〇二〇年の東京オリンピックは「見えない敵」新型コロナウイルスとの「戦争」のために、延期となったのである。

K書房を出ると、雨が降りはじめていた。一瞬、わたしは、自分がどこにいるのかわからなくなっていた。大丈夫、とわたしは自分にいいきかせた。

二〇二〇年四月、東京、新国立競技場前。外には人が誰もいない。

新宿　都庁舎で都知事選を

二〇二〇年六月三〇日

都庁第一本庁舎の32階にある食堂。新型コロナウイルス感染予防のため、座れる席を絞っていた。

わたしの新宿

久しぶりに新宿に行った。コロナ危機がおさまらない中で、東京都知事選が行われていた。東京はどうなっているのだろう。野次馬根性丸出しで、とりあえず都庁舎のある新宿まで行ってみることにしたのだ。

ところで、この間、必要があって、いままで何度引っ越したのか、書き出してみた。住所をそこに置いたもの、住所はなかったが生活拠点であったもの、それを「住処《すみか》」としてみると、重複を除いて（父と母の実家には何度も世話になっているが、どちらもひとつと数えた）、三二カ所になる。当然のことだが、引っ越した数はもっと多い。我ながら、びっくりする。

一度目の引っ越しは、母の実家で生まれた直後、自宅のあった尼崎へ越したことだが、もちろん記憶にはない。二度目の引っ越しは「夜逃げ」だった。父が経営していた鉄工所が不渡り手形を出し、その手形を持ってヤクザが襲いに来るというので逃げなければならなかったのだ。それは、小学校一年のときで、夜中に母親に起こされたことをよく覚えている。眠い目をこすりながら、親が呼んだタクシーに乗せられて大阪駅まで行った。タクシーの後ろのトランクには大きな布団袋が積んであった。夕方には東京に着いた。わたしにとって最初の東京だった。たぶん、その夜は、ホテルに泊まったのだろう。記憶にはないのだが。

次の日には不動産屋に行った。両親はずっと不動産屋と話していたが、わたしは、そこに置いてあったテレビを見ていた。もしかしたら、生まれて初めてテレビを見たのは、そのときだったのかもしれない。プロ野球の試合で、読売ジャイアンツが戦っていた。それだけは覚えている。わたしがずっと巨人ファンだったのは、生まれて初めて見たテレビ番組が巨人戦だったからなのかもしれない。

西武池袋線の大泉学園駅で降りたところがマイホームになった。二階建ての瀟洒《しょうしゃ》な家だった。畑が広がり、周りには何もなかった。巨大なガスタンクが近くに見える。その家で、毎朝、母がコーヒーを豆から挽いて入れてくれた。トーストと目玉焼きの朝食。プチブルらしい生活だった。その家から東京の小学校に通った。関西育ちの子どもには、「標準語」が怖かった。一年もたたないうちに、貧しくなっていた。そして、今度はいきなり、東長崎の小さなアパートに移った。食べるものにも事欠く生活がやって来た。唯一の楽しみは、母の実家が木の箱に詰めて送ってくる食料だったのだ。

次にもっと狭いアパートに移った。場所はどこだったろうか。それから母の実家に戻った。これ以上書いていくと、今回はすべて「引っ越し」の話になるから、やめておこう。

以降、東京での「生活拠点」となった「住処」は、千歳船橋、大井警察署、大森警察署、東京少年鑑別所、東京拘置所、荻窪、国立、石神井公園、原宿、京王プラザホテル、沼袋、麻布、麻布台、赤坂、麻布十番となる。警察署の二カ所はどちらも留置場だ。鑑別所と拘置所については、説明の必要はないだろう。手紙も差し入れの品物も、みんな、その住所で届いたから、「住処」であることに間違いはない。京王プラザホテルには、これも必要があって二カ月ほど「住んだ」。理由は、ご想像におまかせしよう。場所は新宿だ。

ここまで書いて、「住処」のリストに一つ欠けている場所があることに気づいた。冒頭であげた「新宿」である。

大学一年から二年にかけて、つまり、警察署や拘置所に住んでいた頃、わたしは新宿にも「住んで」いた。わたしの住所は横浜や鎌倉だったが、しょっちゅう東京へ出かけていた。そして、必ず、寄る場所が新宿だった。夕方に行って、そのまま朝まで過ごす。そんな場所が新宿だった。

池袋でも渋谷でも新橋でもなく、品川や恵比寿や原宿でもない。あの頃、六〇年代の後半から七〇年代にかけて、学生たちは（政治活動をする者も、そんなことに無関心な者も）、自然に新宿に集まっていた。新宿は、知識や文化や刺激に飢えた者たちが集まる場所だったのだ。激しいデモが行われ、機動隊がガス弾を発射し、投石で応酬している同じ時間に、その道路に沿った小さな映画館で、ヨーロッパのいちばん新しい映画が上映された。また、そのすぐ近くでは、もっとも前衛的なジャズのライヴをやっていた。すべてが混沌としていた。新宿は、毎日が祝祭のようだった。

「新宿騒乱事件」と呼ばれる出来事があった。一九六八年一〇月二一日、その日は「国際反戦デー」とされて、世界中で大規模な反戦デモが行われる日だったが、新宿駅周辺で起こったのは、それ以上のものだった。デモ隊の多くが駅構内に入りこんだばかりか、それ以外の群衆も加わり、交通機関が完全にマヒすることになった。日付が変わって翌二二日未明、政府は「騒擾《そうじょう》罪」（現在の「騒乱罪」）の適用を決めた。これが「新宿騒乱事件」だ。このとき以来、新宿は、反政府運動の聖地となったのだ。その翌年、新宿で起こった小さな出来事を、評論家の加藤典洋さんが友人のことばとして書きとめている。

「新宿騒乱事件（一九六八年）のあった翌年の一〇月二一日、国際反戦デーの日、新宿をヘルメットをかぶってノンセクトの仲間と移動中のこと。道路の向こう側、映画館の新宿文化の前に一人、開場を待って階段か何かに腰を下ろす若い男がいる。橋本治だった。こんなときに何だろう、と思って見ていたら、向こうもこちらを見て、にやにや。『ああ、やってるのね』という感じだったろう。もちろん、周囲には誰もいない。

『騒乱罪適用確実という雰囲気だったからさ。アートシアターで何をやっていたのかなあ、あの日』」(『大きな字で書くこと』岩波書店)

橋本治はその後、七〇年代後半に作家としてデビューした。そして、あらゆるジャンルを横断して作品を発表し、二〇一九年の一月、突然亡くなった。この文章をおさめた加藤典洋の『大きな字で書くこと』が出版されたのは、その後のことだ。その加藤さんが亡くなったのは橋本さんの四カ月後。ふたりは、わたしより二つ三つ上の世代になる。橋本治が座っていた新宿文化の階段には、わたしも何度か腰かけたことがある。この文章に書かれたエピソードと同じ週に、わたしもこの映画館に行っていたはずだ。

新宿に行けば、必ず、誰か知り合いにぶつかったのだ。映画館か、ジャズ喫茶か、紀伊國屋書店か、花園神社の「紅《あか》テント」という妖しい劇場へ行けば。

わたしは、新宿中央公園にいた。東京都庁がいちばん美しく見える場所だ、と聞いたからだ。静かなたたずまいの公園に人影はまばらだった。ここには、この場所には来たことがある。そんな気がした。おかしいな。そして、やっと思い出したのである。

わたしが新宿に通っていた頃には、そこは「新宿中央公園」ではなく「新宿西口公園」と呼ばれ、新宿の路上で一晩を過ごし、行き場をなくした若者たちが最後に集まる場所だった。もちろん、わたしも、何度かこの公園で朝を迎えた。六九年には、花園神社を撤退した唐十郎《からじゅうろう》の「状況劇場」が、突然、この公園に「紅テント」を建て、機動隊に包囲されるなかで公演を行った。いわゆる「新宿西口公園事件」だ。終演後、唐や李礼仙《りれいせん》らが逮捕された。劇の上演によって逮捕者が出る時代だったのだ。

けれども、いまは、そんな過去があったことを知る者は誰もいない。公園にたむろする若者はいないし、仮に、そんな人間がいたとしても「ホームレス」として排除されるにちがいないのである。

選挙と候補者

新宿まで、というか都庁まで来たのは、都知事選挙の真っ只中にあったからだ。「新型コロナウイルス」流行下、どんな選挙戦が繰り広げられているか、見てみたかったのだ。他はともかく、都知事のお膝元である新宿なら、激しい選挙戦の様子が見られるかもしれないと思った。

ところが、である。新宿はひどく静かだった。選挙カーが走る姿も、候補者が演説する姿もない。ただ、候補者のポスターが貼られた掲示板が、寂しそうに道路脇に立っているだけだった。わたしは少し掲示板から離れて、一〇分ほど、その前を通る歩行者たちの様子を眺めていた。だが、ポスターを見るためにわざわざ足を止めるような、変わり者はほとんどいなかった。もしかしたら、誰も選挙に興味を持っていないのだろうか。もちろん、わたしに彼らを批判する権利などない。だいたい神奈川県民だし。きっと、彼らは各候補者の政策を熟知していて、もうすでに自分の投票先を決めているから、ポスターなど見る必要がないのだろう。

首都の首長を決める選挙が、きわめて重要であることに異論はない。「新型コロナウイルス」だけではなく、「オリンピック」の問題もある。景気や高齢化社会や環境の問題もある。毎日のようにメディアに流れるニュースを見ていると、ほんとうに心の底から不安になる。きっと、候補者のみなさんは、真剣にそれらの諸問題に向かい合ってくださるのだ。

そこでじっくり、「選挙公報」を読んでみることにした。

まず、話題の「山本太郎」さんだ。わたしの妻は「メロリンQの人だ」といっている。なんのことだろう。わたしが知っている山本さんは、弁舌さわやかな政治家で、射貫くような鋭い視線の人でもある。

「今政治に足りないのは、あなたへの愛とカネ」と書いてあった。そりゃそうだ。「全都民に10万円コロナお見舞い金として給付。事業者に、『まずはサッサと100万』支給、簡単なWeb申請で。水光熱費を1年間免除」というのが主な政策だ。わかりやすい。わたしでもわかる。でも、人間、カネだけじゃない。足りない「愛」は、どうやって支給してくれるのだろう。書いてないのが残念だ。

「ホリエモン新党でコロナ自粛をぶっ壊す」のが「立花孝志」さんだ。「正直者がバカをみない日本にしたい！　そんな思いで政治家をしてい」るそうだ。その通りだとしたら、なかなかいい人だと思う。「東京都への緊急提言37項」というのを読んでみた。「現金使用禁止令」……どうするつもりだろう。「東京の空が空いている」……政策とは思えないのだが。

「足立区は『日本のブルックリン』に生まれ変わる」……ブルックリンはちょっと治安が悪いと住んでいる知人がいってましたが。「江戸城再建」……マンガでやってるね。「『ジジ活』『パパ活』で出会い応援」……その前の世代だって大変だ。「『妖精さん』のリストラ計画」……意味がわからない。不思議なのは「ホリエモン新党でコロナ自粛をぶっ壊す」と「東京都への緊急提言37項」のところがほとんど同じポスターの人が、他にも服部修さん、さいとう健一郎さんと合わせて三人もいることだ。誰に投票したらいいのだろう。

「現職か、俺か。」というわかりやすいキャッチコピーを公約にしているのが「スーパークレイジー君 西本誠」さんだ。どこまでが名前なんだろう。「スーパークレイジー君」は芸名なのだろうか。わからない。公約は「風営法の緩和」と「ペット殺処分ゼロ」「待機児童ゼロ」の三つしかない。他の政策はどうでもいい、ということなのだろうか。名前ともども心配な気がする。

公約は「東京を世界一のAI・IT都市にします」というのが「ごとうてるき」さん。すごくまともじゃないか。ごとうさんは「トランスヒューマニスト党」という党に所属していて、「『愛している』という挨拶を日本に普及」することと「世界政府樹立」が目標なんだそうだ。すごくいいね。でも、「台湾の祖国日本復帰」とか「一夫多妻（一妻多夫、多夫多妻）合法化」というかなり難しい公約もある。というか、無理なんじゃないだろうか。それから、ごとうさんは、戦隊ものの戦士のような格好の写真で登場していて、選挙権が小学生にもあったら、かなり得票を望めたんじゃないか。惜しいことだ。

その他にも、「コロナはただの風邪」「コロナ騒動を作ったのはメディアと政府」と大胆に主張する「平塚正幸」さん。「集団ストーカーの無い未来へ」という、なかなか想像できないような政策を主張する「押越清悦」さん。いや、忘れてはならないのは、「未来の薬局を目指します！」という公約を掲げた「長澤育弘」さんだ。公報を読んでみても、「薬局を変える!!」とか「リフィル処方箋の普及」とか、もっぱら薬局関係の公約ばかりで、もしかしたら、薬局連盟の会長選と勘違いしたのかもしれない。あるいは「庶民と動物に優しい東京に」を公約にした「市川ヒロシ」さんは、「庶民と動物の会」に属していて、他にも「動物虐待防止、児童虐待防止」と主張しているので、市川さんの中では、動物と児童は同じものと見なされているのかもしれない。その気持ちはなんとなくわかるのである。

もちろん、その他にも「都民一人ひとりが希望の持てる東京へ。」という、きわめてまっとうな公約の「宇都宮けんじ」さんや「たった一人の決断が、都政を変える！」という「小野たいすけ」さんの公報も読み、ポスターも見たのである。いろいろな人の公約を同時に、あまりにたくさん見たせいだろうか。わたしは、ちょっと「公約」酔いになってしまった。おそらく、どの候補者も、きわめて真剣に、都政や日本の未来について考え、かくあるべしという意見を堂々と主張しているのだろう。そのことに疑いはない。だが、である。

そう、こうやって、一度にこんなにたくさんの立派な主張を見ていると、どうも、みんな同じに見えてくるのだ。もちろん、それはわたしのせいなのだが。

ぼんやりと、少なくともわたしの見ている限りでは、誰も注意を払わない、都知事選のためのポスター掲示板を見ながら、わたしは、伊丹万作の有名な文章を思い出していた。日本映画界初期の偉大な脚本家で監督の一人である伊丹万作は、戦争中も、軍や国の厳しい抑圧に抗して自身の考えを曲げることのない硬骨の知識人だった。そして、戦争中にからだをこわし、およそ七年にわたって病床についた後、一九四六（昭和二一）年、四六歳で亡くなった。そんな伊丹が、戦後初めての国政選挙に際して書いたのが次の文章である。それは、「やっと自由に選挙ができる」と喜ぶ国民に、冷水を浴びせるような調子の激しい文章だった。伊丹は、「私は生れてからこのかた、まだ一度も国民として選挙権を行使したことがない」と書き始める。しかし、それは「一つの怠慢だと思っている」と。では、なぜ、選挙権を行使しないのか。「選挙が国民の義務であるためには、その選挙の結果が多少でも政治の動向に影響力を持ち、ひいては国民の福祉に関連するという事実がなくてはならぬ。そんな事実がどこにあったか」と続け、新しい、自由な選挙のために出てきた候補者たちの話を聞いた上で、伊丹はこう書くのである。

「現在までに私の得た知識の範囲では、あまりにも低級劣悪な候補者の多いことに驚いている。彼らは口では一人残らず民主主義を唱えているが、その大部分はにせものであつて、本質は、先ごろの暗黒時代の政治家といささかの差異もない。反動的無能内閣として定評ある現在の幣原《しではら》内閣の閣僚たちに比較してさえ、古くさく、教養に乏しく、より反動的なものどもが多いのである。……このようなものがいくら入りかわり立ちかわり政治を担当しても、日本は一歩も前進することはないであろう。何よりもいけないことは、彼らのほとんど全部が時代感覚というものを持っていないことである。それは、彼らの旧態依然たる演説口調を二言三言聞いただけでもう十分なほどである」(「政治に関する随想」『新装版　伊丹万作全集1』筑摩書房)

伊丹がこの文章を書いてから七四年がたった。政治が進化し、現代の候補者たちはみんな時代感覚を持っているから大丈夫、と伊丹にいうことは、ちょっとわたしには無理かもしれない。というか、伊丹万作が、二〇二〇年の東京都知事選のポスター掲示板の前に立っていたら、どんな文章を書いただろうか。

女帝

忘れていた。いちばん有力な候補者である。現役の都知事である「小池ゆりこ」さんだ。選挙前も、選挙中も、断然の有力候補が小池さんだった。

わたしが、都庁まで出かけたのは、もしかしたら、小池さんのご尊顔を拝することができるのでは、と思ったからである。「アイドルの出待ち」的な感じで行ってみたのだが、どこにも、小池さんはいらっしゃらなかった。というか、「新型コロナ」のせいか、あまり表に出て選挙活動をせず、主としてテレビ出演されているようだった。

もちろん、小池さんも公報は出している。

「東京の未来は、都民と決める。」がいちばんの主張だ。それから「東京大改革2・0」

をやるとのことだった。「都民の命と健康を守る新型コロナウイルス感染症対策」として「東京版ＣＤＣ（疾病対策予防センター）の創設」「都民の命を守り『稼ぐ』東京の実現」「『人』が輝く東京」「『都民ファースト』の視点での行財政改革・構造改革」という公約である。そうなんだ。というか、特に、なにも感じないのだが、それは、わたしが鈍感だからなのかもしれない。あと、かぎカッコを使うのがお好きらしい、ということもわかった。

せっかくだから、前回の都知事選のときの、小池さんの公報も読んでみた。

「都民が決める。都民と進める。」が主たるスローガンだった。今回の「東京の未来は、都民と決める。」と比べてみると、前回は「都民が決め」たのに、今回は「都民と決め」るになっている。どうやら、今回の主語は「小池さん」らしい。「(私が)都民と決め」ることになったのかも。前回は決めることができた、都民のみなさんの権利が縮小しているような気がするのだが、そのことにみんな気づいているのだろうか。それから、わかりやすいのは、「7つの0《ゼロ》を目指します」と書いてあることだった。

「待機児童ゼロ」「介護離職ゼロ」「残業ゼロ」「都道電柱ゼロ」「満員電車ゼロ」「多摩格差ゼロ」「ペット殺処分ゼロ」の七つである。これは、どうなったのだろう。テレビや新聞で採点はされたのだろうか。わたしは聞いたことも見たこともないのだが。それとも、過去の公約なんか実現してもしなくても、誰も覚えていない、ということなのだろうか。このあたりも、伊丹万作に訊いてみたいところだ。ちなみに、この「7つの0」は実質的には、一つもゼロになっていない、と書いてあるものを読んだのだが、誰か真実を教えてくれないだろうか。というか、そんなことどうでもいいのかな。

『女帝　小池百合子』（石井妙子著　文藝春秋）という本を読んだ。都知事選に合わせて刊行、ずいぶん売れているらしい。小池さんの半生を克明に追ったドキュメントだが、その中に、小池さんのエジプト時代の学歴についての記述があり、それが特に話題になった。要するに、学歴詐称をしているのではないか、というのが著者の主張のようだった。その点について判断する能力はわたしにはありません。

実は、わたしは、小池さんの本はずいぶん読んでいる。前回の都知事選、それから、「希望の党」を作った頃、なみいる男の政治家たちを「手玉」にとり、ときには国政のトップで活躍して脚光を浴び、また、ときにはうまくいかなくてひっそりもしていた。なかなか面白い人だなと思い、調べてみたのだ。たくさん本も出している。中には、写真集や、着こなしの本まであった。興味のつきない人だと思った。

小池さんは、わたしより学年が二つ下で、阪急電鉄芦屋川駅近くにある「私立甲南女子中学・高校」に通っている。わたしが通っていた学校は、同じ阪急電鉄で、芦屋川駅の隣の岡本駅から歩いたところにあった。だから、「甲南」の女子生徒たちと同じ電車に乗って通ったのである。小池さんは、芦屋に住んでいたから、電車通学ではなかったのだろう。残念だ。同級生の中には、「甲南」の女子生徒をガールフレンドにしている子もいた。文化祭に行ったこともある。彼女たちも、わたしの学校の文化祭に来ていた。小池さんとはどこかですれちがったことがあるかもしれない。そう思うと、ちょっと他人とは思えないのである。

「甲南」の女子生徒たちは、たいてい、併設の大学に進学する。けれども、小池さんは、受験をして関西《かんせい》学院大学に入り、その後、エジプトに留学した。まだその頃は、日本の大学では、どこも「闘争」の残り香が、濃厚に漂っていたはずだ。将来、政治家になるような、敏感な女子大生だった小池さんは、学生運動の拠点でもあった関西学院でなにを感じていたのだろうか。もしかしたら、わたしが、新宿の路上で感じたのと近いものを感じていたのかもしれない。もちろん、そのことについて、小池さんがなにも記してはいないので、すべては想像にすぎないのだが。

生まれて初めて、都庁の中に入ってみた。驚くほど広かった。予想通り、厳しい規制があり、どこまでも自由というわけにはいかなかったが、上階にある食堂には行くことができた。

ソーシャルディスタンスをとるために、まばらにしか座れない席の一つに座り、わたしは編集者と早い昼食をとった。

最上階には広大なフロアがあるそうだ。いい眺めだろう。そこでは、東京を足もとに見ることができる。いや、そこからは、国会議事堂や皇居さえ、足もとに見ることができるはずなのである。

残念ながら、小池さんを見ることはできなかったが、わたしは満足して都庁を去った。

わたしが都庁に出かけて五日後に投票があった。およそ六〇％の得票率で、小池さんは、三六六万票あまりをとった。二位の宇都宮さんの四倍以上の票を集めての圧勝であった。

上野動物園　あつまれ動物の森

二〇二〇年一〇月六日

見つめ合う子どもとアザラシ。上野動物園「ホッキョクグマとアザラシの海」にある水槽にて。

動物園は空いている方がいい

上野動物園に行った。久しぶりだった。上野動物園が、ではなく、動物園に行くことそのものが、だ。「コロナ」のせいで、動物園に行くことそのものが面倒くさいことになっていた。いや、そもそも、どこかへ出かける、あるいは、人が集まることそのものが、忌避されていたのだが。

スポーツや演劇から、遊戯施設、観光施設、人が集まるような場所、催しは、すべて自粛を余儀なくされた。わたしもずっと競馬場に行っていない。野球場も劇場も。映画館には、つい最近やっと行けた。そして、動物園である。

予約が必要、しかも、一回の入園者数には限りがあった。それでも行けないよりは、マシだった。

小さい頃から動物園に行くのが好きだった。なにもないと、「とりあえず動物園」だった。高校までは大阪に住んでいたので、天王寺動物園に通った。その間に、東京に住んでいたこともある。そのときは、上野動物園に通った。

大学は横浜だった。大学に入学したのは、学生運動がもっとも盛んだった頃で、せっかく入学したのに、大学はバリケードで封鎖されていた。その中に住んで、デモに行った。

大学の近くに、野毛山《のげやま》動物園があった。暇だったので、しょっちゅう行った。ほんとに、しょっちゅう。

野毛山動物園は、そんなに大きくなかった。都会の中の動物園、その典型だった。京浜急行・日ノ出町駅から歩いてすぐ。直線距離で二〇〇メートルぐらいだったろう。歓楽街を突っ切って、坂を上がる。横浜の市街が見渡せる丘の上にあった。いちばんいいのは、いつも空いていることだった。

動物園は空いている方がいい。入園者が多い動物園は苦手だ。だから、平日の昼間がいい。開園すぐ、とか。

大学には八年在籍して、除籍になり、その間に、鎌倉の土木会社で働くようになった。そして、およそ一〇年と少し働いた。

横浜に住み、鎌倉まで根岸線の電車で通う。けれど、朝、家を出て、仕事に行きたくない日がある。電車に乗る山手駅で引き返す。一度乗って、横須賀線に乗り換える大船駅で引き返す。そのまま鎌倉駅まで行って、Uターンする。鎌倉駅で降りて会社まで歩いてゆく途中で、まるで忘れものを思い出したみたいに、突然、駅まで戻る。引き返すポイントも様々だった。そして、そんなときには、家に戻らず、野毛山動物園まで行った。

たいていは開園すぐ。しかも平日。理想的な時間だ。いま記憶を探ると、確かに、わたしの知っている野毛山動物園は、ほとんど客がいなかった。実に気持ちがいい、と思った。ディズニーランドも開園直後は、あまり観客がいなかったように思う。待つことなく好きなものに乗ることができたし、見ることもできた。3D映画も、いちばん最初の頃の、アルプス（かなにかの山）の上を滑空していく視線のものがよかった。観客がほとんどいない巨大遊戯施設より面白いものはない。

そういえば、中学生のとき、奈良ドリームランドに行ったことがある。そこは、ディズニーランドを真似た施設で、ディズニーの技術協力も受けたけれど、「ディズニーランド」を名乗ることはできなかった。もちろん、東京ディズニーランドができる前のことだ。友だち数人と出かけた。学校をサボり、平日の午前中に。面白いほど客がいなかった。

「ぼくらで貸し切りや！」

そう叫んだのを覚えている。思えば、ずっと同じことをしているのだ。

ノイローゼになったオランウータン

野毛山動物園の話に戻ろう。空いていたということは書いた。しかも歩いている観客の大半は、とても動物を見るのが目的で来ているとは思えない連中だった。彼らは、わたしと同じように、動物園に「いる」ことが目的であるように見えた。缶ビールを片手に持ち、すでに酩酊状態のサラリーマン風の男や、いまでいうところのホームレス風の老人もよく見かけた。動物園なら、そんな人間だって受け入れてくれるのである。

どの動物園に行っても、いちばん好きな場所は、(もしあるとするなら)サル山の前だった。目の前で、サルたちが、日向ぼっこをしながら、お互いのからだについたノミをとりあっている。いたずらをした子ザルが、親ザルから逃げてゆく。そんな様子をただじっと眺める。そんな、まるで無駄な時間が、なにより楽しかった。

いや、それだけではなかった。好きな場所、覚えている光景には、共通したなにかがあった。

井の頭動物園(正式名称は「井の頭自然文化園」なのだが、やはり、こう呼びたい)では、まず、ペンギンの池に行った。行くと、よく、ペンギンたちが水に飛びこめずに佇《たたず》んでいた。目の前の池の表面におびただしい落葉が浮いて、困っていたのだ。

レッサーパンダもよかった。人気はなかった。同じ「パンダ」という名前がついているのに、上野動物園の「パンダ」たちの千分の一も人気はなかった。けれど、なんだか庶民的な感じがして、わたしは好きだった。

オランウータンがノイローゼになったというニュースを読んで、なぜだか急に（「見たく」というより）「会いたく」なって、出かけたのも、野毛山動物園だった。そんなニュースがあったからといって、わざわざ出かける閑人《ひまじん》はいなかった。わたしが行くと、オランウータンはずっと檻の向こうの壁にぴたりとくっついて微動だにせずにいた。観客の側からは、背中しか見えない。檻の前には、「オランウータンが糞を投げるので気をつけてください」と書いた札があった。

しばらくの間、わたしは檻の前にいた。すると、オランウータンが手を尻にやり、それから糞らしきものを投げた。こちらを向いてはいなかったが、檻の向こうにいる観客に向かって投げたようだった。

見るものは見た。もう帰ろう。そう思って、わたしはオランウータンの檻の前を去った。振り返ると、オランウータンはずっと背中を向けたままだった。

あれは、どこの動物園だったろう。野毛山、いや、井の頭？　わからない。

わたしは、豹《ひょう》の檻の前にいた。豹は、ずっと檻の中を歩いていた。すぐに気がついた。

その豹は、円を描いて、つまり、丸い軌道を歩いていたのである。しかし、檻は狭い。なので、一点を中心に回転しているかのようであった。明らかに、豹の様子はおかしかった。そうだ。わたしは、やはり、動物園フリークの友人から「あの動物園の豹は、檻の中での長い拘禁生活のためにノイローゼになったんだよ」と聞かされたから見に行ったのだ。わたしが檻の前にいた十数分の間、豹は、ついに一度も休むことなく、ただひたすら、幻の一点の周りを歩きつづけていた。

カフカと動物園の檻

それから数年して、ベルリンに行くことがあり、そして、当然のように、ベルリン動物園に行った。そこで、いちばん見たかったのは、「世界でいちばん古い動物の檻」だった。もちろん、そこには、もう動物の姿はなく、檻だけがあった。いったい、なにが入っていたのだろう。わたしは、空っぽの檻の前で考えていた。ライオン？　トラ？　豹？　わたしは、ずっと、その空っぽの檻の前で、なにもない空間を見つめていた。そして、カフカの『断食芸人』を思い出した。

サーカス小屋の断食芸人は、その芸を見る観客がほとんどいなくなったので、最後に、動物小屋の近くの檻の中で芸をする。ほんとうの断食、終わりのない断食を始めたのである。

だが、観客たちはとっくに興味を失っていた。しばらくして、係員は、倒れている断食芸人を発見する。何日、その果敢な「芸」がつづいていたのか数えていた者などいなかった。もちろん、断食芸人の遺骸は片づけられ、そこに、別の生きものが入れられる。この小説はこんなふうに終わっている。

「断食芸人はわらといっしょに埋められた。例の檻には一頭の若い豹《ひょう》が入れられた。あんなに長いこと荒れ果てていた檻のなかにこの野獣が跳《と》び廻っているのをながめることは、どんなに鈍感な人間にとってもはっきり感じられる気ばらしであった。豹には何一つ不自由なものはなかった。豹がうまいと思う食べものは、番人たちがたいして考えずにどんどん運んでいった。豹は自由がないことを全然残念がってはいないように見えた。あらゆる必要なものをほとんど破裂せんばかりに身にそなえたこの高貴な身体は、自由さえも身につけて歩き廻っているように見えた。歯なみのどこかに自由が隠れているように見えるのだった。生きるよろこびが豹の喉もとからひどく強烈な炎熱をもって吐き出されてくるので、見物人たちがそれに耐えることは容易ではないほどだった。だが、見物人たちはそれにじっと耐えて、檻のまわりにひしめきより、全然そこを立ち去ろうとはしなかった」（原田義人訳　青空文庫）

わたしは、動物園で檻の前に立つと、この部分をよく思い出す。カフカもまた、おそらく動物園を訪ねて、檻の前に立ったのだろう。それは、どんな動物の檻だったのだろう。やはり、豹の檻だったのだろうか。

観客であるわたしたちを眺めるゴリラ

しばらく、表門の前で並んで待っていると、わたしたちの列が呼ばれた。チケットを買って、園の中に入った。すぐ、目の前に、パンダ舎を見るための、というか、パンダの写真を撮影するための長い列ができていた。いきなり並ぶ気にはなれなかった。だから、そのまま進んでいった。キジ、フクロウ、ワシ、タカ、鳥たちの檻があった。カワウソもいた。なかなかきれいな檻だと思った。

歩いてゆくと「ゴリラの森　トラの森」という木製、というか、自然に朽ちた木に似せた看板があった。まず、「ゴリラの森」に入っていった。アスファルトの道の両側には木々がそびえていた。動物園では見たことのない風景だった。こんなことになっていたとは知らなかった。ずいぶん来なかったんだな、と思った。

さらに進むと、ゴリラたちの入っている檻に着いた。巨大な檻だ。「檻」といっても鉄格子があるわけではない。特製のガラス越しに、広い空間の中にいるゴリラたちを眺めることができるのである。ガラスのすぐ前にゴリラが二匹いた。彼らは、ときどき、こっち、つまり観客であるわたしたちに視線を送った。もしかしたら、彼らにとって、わたしたち人間の方が観察の対象なのかもしれない。

「夜の森」は閉まっていた。残念だ。かつて「夜行性動物」だけを集めた建物があったはずだが、名前が変わったようだった。そこは、上野動物園でも、もっとも好きな場所の一つだったのだ。人工的な夜の世界で、彼らは生きていた。暗い世界は、わたしも好きだった。

ホッキョクグマの放《ほう》飼場《しじょう》を過ぎると、「サル山」に着いた。

『物語　上野動物園の歴史』（小宮輝之著　中公新書）にはこんな記述がある。

上野動物園のシンボル、サル山。コロナ禍で空いている園内だが、家族連れが集まっていた。

「一九三一年（昭和六年）から翌年にかけて建設されたサル山は、日本におけるサル山型式の動物展示のさきがけとなった施設である。今も残るサル山の擬岩は、房総《ぼうそう》半島のニホンザル生息地高宕《たかご》山（現千葉県富津《ふっつ》市）の岩山をモデルとして、最高の左官技術によって建設された。その後、日本各地の動物園にサル山が造られたが、上野動物園の山水画風の山容はいまだに類を見ないできばえで、上野動物園のシンボル的動物舎として現在も人気スポットである」

たくさんのサルたちがいた。そして、何組ものサルたちが、一定の間隔を置いて並び、お互いに相手のノミを取りあっていた。日本中の動物園のサル山で、おそらく永遠に、この光景は繰り返されてゆくのだろう。

しかし、いつまでもサル山にへばりついているわけにもいかなかった。すぐ近くに「ゾウのすむ森」があった。その向かい側には「世界のサル」。彼らは檻の中にいて、ニホンザルのように「サル山」に住むことはできない。気の毒だ。見るものは見たので、東園から西園へ移動することにした。残念ながら、モノレールが止まっているので、「いそっぷ橋」を歩いて渡った。橋からは「精養軒」が見える。森鷗外の『舞姫』のモデルになった、ドイツからやって来た恋人が泊まったのは、銀座にある築地精養軒だった。鷗外は、何度も築地精養軒を訪ね、説得し、結局、彼女はドイツへ戻るのである。上野精養軒にも、鷗外は家族を連れてよく食事に来た。もちろん、上野動物園の横を通って。「精養軒」とは、明治の人たちにとって「西洋軒」、ハイカラな料理を食べさせてくれる、憧れの場所でもあったのだ。

西園に入ると、すぐ横に「パンダのもり」があった。でも、その前に「子ども動物園すてっぷ」に行ってみたが、休みだった。残念だ。ここは、いろいろな小動物たちと触れあえるところだったのに。

「パンダのもり」は、「ゴリラの森」と同じように、広くてガラス張りで、その中に、たくさんの緑の木（もちろん竹も！）が生えていた。リゾート地という感じだった。「ゴリラの森」や「アイアイのすむ森」（ここも休みだった。残念だ）なのに、どうして、パンダだけ「パンダのもり」なんだろう。不思議だ。しかも、漢字発祥の国からやって来たというのに。誰かその理由を教えてくれないだろうか。

　東園の入口近くにあるパンダの檻の前には、長蛇の列があったが、「パンダのもり」の前には、ほとんど列がなかった。わたしも、他の観客と同じように、檻の隅で眠るパンダの写真を撮った。いい感じだった。まるでぬいぐるみのようだと思った。現実の生きもののように見えないのである。

　それから、フラミンゴの檻の前で、しばらくじっと彼らを見ていた。フラミンゴも、生きものの感じがしない。昔からずっとそう思っていた。あの派手な色彩で、しかも一本足で立っているなんて！　おかしいじゃないか！

　カンガルーは檻の中にいた。細かい鉄格子だ。なんだかかわいそうだった。

木陰で寝転ぶカンガルーたち。上野動物園で飼育した初めての外国産動物はカンガルーだったという。それまでは、国産の動物だけだった。

カンガルーの思い出

カンガルーに関しては思い出がある。もうずいぶん前、二〇世紀の終わり頃、オーストラリアに遊びに行ったことがあった。もちろん、競馬を観戦に、だ。オーストラリアのサラブレッドは、日本のサラブレッドよりも大きい気がした。人間もそうだった。

オーストラリアンフットボール（オージーボール）の試合を見た。なんでも、当地の巨人・阪神戦のような名門ライバル同士の試合らしかった。このオージーボールは、オーストラリアではプロリーグもあるラグビーのような球技だ。ただ、ラグビー場より競技場は広い。たぶん二倍くらいあったんじゃないだろうか。そのとてつもなく広い楕円形のフィールドをデカい男たちが走り回っていた。あげくの果てに、殴り合うのである。これには驚いた。事前に聞いてはいたが、エキサイトすると、ほんとうに喧嘩になるのだ。

試合の次の日、ローンパイン・コアラ・サンクチュアリーに行って、コアラを抱いた。日本ではできないことだった。そこには、コアラだけではなく、カンガルーもいた。原野に木製の小さな囲いがあり、あとは、見渡す限り果てのない草原だった。そこに、数十匹のカンガルーがいた。彼らは、思い思いの場所で、思い思いの格好をしていた。「びっくりさせないで。それだけ守ってくれればオーケイ」といわれた。「それから……」と、もう一言いわれたような気がしたが、英語が聞き取れなかった。なにをいっていたのだろう。わたしはカンガルーの群れの真ん中に突っ立って、ぼんやり考え事をしていた。そのときだった。わたしにとって「動物園」史上、最大の事件が起こった。

突然一匹のカンガルーが跳ね、走りはじめた。なにかに驚いたのだ。すると、他のカンガルーたちも一斉に走りはじめた。カンガルーの「走る」は、「跳躍する」である。わたしは、数十の「跳躍」し、突進してくるカンガルーの群れの真ん中に取り残されていた。「死ぬ」と思った。カンガルーに衝突されて、わたしは死ぬのだ、と。だが、気がついたときには、カンガルーたちは、遥か遠い、草原の彼方に消えていた。周りには、まだカンガルーたちの「気配」は残っていたけれど。

わたしは、上野動物園のカンガルーの檻の前にいた。申し訳ない、と思った。こんなところで、こうしていたくはないんだろうな。きっと。

アフリカの動物たち

最後は「アフリカの動物」たちが、まとまっているところだ。動物園はこうでなくちゃ。というか、最後のデザートは、「アフリカの動物」に限るのだ。コビトカバ、クロサイ、キリン、オカピ。

確かに、いくつも閉園したり、閉館したりしたところはあった。「夜行性」の生きものが見られないのは寂しいことだった。「アイアイ」が見られないのも、動物園に行く意義のかなりの部分を失うことだった。だが、まあ、いいとしよう。願いがすべてかなうわけではないのだ。やたらと蓮が繁茂している不忍池も見られたことだし。

いい日だった。また以前のように、ときどき動物園に行こう。そう思って、出口に向かったとき、なんだか大切なものを忘れているような気がして、わたしは立ち止まった。スマホ？　いや、もともと持ってないし。数分考えた。そして、気づいた。ライオンを見ていないのである。しかし、そんなことがあるだろうか。案内図を見ながら、すべてのルートをたどったはずだ。

わたしは、もう一度、案内図をじっくり見た。ライオンがいない。トラもゴリラもパンダもゾウもキリンもいるのに。フラミンゴは立っているし、サルたちはノミを取っている。ハシビロコウは何度見ても、不思議な顔だ。なのに、ライオンはどこにもいないのである。

たまたま近くにいたガードマンに訊いてみた。

「あの、ライオンがいないのですが、なぜでしょうか？」

すると、ガードマンは歩き去りながらいった。

「わかりません」

上野動物園の過去・現在・未来

途中でも引用した『物語　上野動物園の歴史』の著者、小宮輝之さんは、元上野動物園園長。上野動物園について考えるのに、これ以上の本はない。

少し、みなさんに紹介してみたい。

まず、「動物園」ということばを初めて使ったのは福沢諭吉だそうだ。さすが、である。福沢は、幕府が派遣した「遣欧使節団」の一員として欧州をめぐり、そのとき各地の動物園を訪ねた。もちろん、ベルリンも。あの世界一古い檻も見たはずだ。そして、ショックを受けた。

「キリンにしろ、カバにしろ、大きな動物といえば牛や馬しか知らなかった幕末の武士たちには、動物園は驚きの園であった」

福沢は、一八六六（慶応二）年に、かの有名な『西洋事情』を出版し、近代西洋の文明を紹介したが、その中で「動物園」ということばを初めて使ったのである。

上野動物園が博物館と共に開園したのが一八八二（明治一五）年だ。そのときには、明治天皇の行幸があった。もちろん、日本初の動物園だった。

「当時の上野動物園には樹齢三〇〇年を経たスギ、モミなどの大樹が繁茂し、東照宮《とうしょうぐう》寄りの敷地はマツなどのうっそうとした森林に覆われ、日光のような情趣を偲《しの》ばせていた」

開園当時の動物は、以下の通りである。

「スイギュウ、クマ、サル、キツネ、タヌキ、ワシ、水鳥、小鳥等」

すべて日本産の動物だった。

「一八八三年二月七日には、オーストラリアに寄港した軍艦筑波《つくば》が持ち帰ったカンガルー一頭が寄贈されている。書類上はカンガロー、漢字で大袋鼠と表記されているカンガルーが、上野動物園で飼育したはじめての外国産野生動物であった」

知らなかった……。

ヒグマ二頭との交換で、初めてトラを手に入れたのが一八八七（明治二〇）年。ちなみに、トラそのものは江戸時代にオランダ船で運ばれてきて、見世物にされたそうだ。同じように、ライオンも一八六六（慶応二）年に見世物として来日している。ライオンが初めて上野動物園に登場したのは、一九〇二（明治三五）年である。牡・牝のペアだった。このとき、ホッキョクグマのペアも来日している。もちろん、ライオンはすさまじい人気者となり、「一時は檻の前に巡査三名が配置されるほどの騒ぎとなった」。人気者のパンダの先祖は、やはり、ライオンだったのである。

キリンがやって来たのは一九〇七（明治四〇）年。購入金額があまりの高額だったため、その責任をとって当時の園長が辞めている。

サル山が建設されたのが一九三一（昭和六）年から翌年にかけて。一九三六（昭和一一）年、クロヒョウが檻から逃げ出し、警察・憲兵隊・民間の鉄砲隊が出動する騒ぎとなった。なんと、この「クロヒョウ脱出事件」は「二・二六事件」「阿部定《あべさだ》事件」と並ぶ「昭和一一年の三大事件」と呼ばれたそうである。

どれも、わたしたちが知らない、「上野動物園の歴史」である。わたしが知っているのは、ゾウ、キリン、ライオン、サル山、パンダがいる上野動物園だ。いつも混んでいる、たくさんの動物たちのいる場所だ。だが、わたしの知らないうちに、「動物園」は大きく変わっていったのだ。

一九八二（昭和五七）年、開園の際、明治天皇の行幸があった上野動物園は、開園百周

「ゴリラの森」で。相手を観察しているのは、人間なのか、ゴリラなのか。

年を昭和天皇の行幸とともに迎えた。

ここは、もともと「天皇の動物園」だったのである。次の百年を目指して、いま、上野動物園では、東京都の他の動物園と共同で、「ズーストック計画」という新しい道に進んでいる。

「ズーストック計画とは、五つの動物園で五〇種（第二次では一二四種に拡大）の希少種を対象にし、それまで各動物園で分散飼育していた動物を一つの動物園に集中して飼育することで研究繁殖を推進しようというもの」だ。

上野動物園の担当は、ジャイアン

トパンダ、ゴリラ、スマトラトラを中心に一六種類。チンパンジー、オランウータン、そして、ライオンも多摩動物公園の担当になった。だから、ライオンの姿は上野動物園にはないのである。

出口から外へ出た。しばらく歩いて、振り返ってみた。都会の真ん中なのに、たくさんの緑がある。悪くない。ライオンはもういないのだが。

明治神宮とはとバス
「東京の歩き方」を片手に

二〇二〇年一二月三一日

コロナ禍の大晦日。2階建てオープンバス「'O Sola mio　オー・ソラ・ミオ」の2階席に座る作家。

日本人の旅を後押しした本

シリーズ「地球の歩き方」には、ずいぶんお世話になった。だから、「地球の歩き方」の発行元が変わる、という話を聞いたときには驚いた。来るべきものが来た、という感じがした。

創刊は一九七九年だからざっと四〇年前。初めて「地球の歩き方」を買ったのは、それから数年後のことだったと思う。いちばんお世話になったのは、九〇年代の前半だ。その頃、会社名が「エイチ・アイ・エス」に変わったばかりの旅行代理店に行って、とりあえず切符を買う。それから、ホテルを予約してもらう。あとは現地に行って、「地球の歩き方」を抱えて、歩き回る。それが一つの旅行スタイルになった。けれども、それは、わたしだけではなかった。

『兼高かおる世界の旅』のテレビ放映が始まったのが一九五九年。その頃、「世界」はずっと遠くにあった。それは、日本で初めての海外旅行番組だった。わたしたちは、モノクロのブラウン管テレビの画面に映る世界の風景と、そこで楽しそうに振る舞う、英語が堪能な若い女性、兼高かおるを見ながら、世界を旅した。いや、そんな気分になった。自分でも旅してみたいなんてことは、思ってもみなかった。そんなことは不可能だった。

だが、もしかしたら、それは可能なのかも。そう思えるようになったのは、一九六一年、小田実が『何でも見てやろう』というベストセラーを生み出してからだろう。小田は、たったひとりで、ふらりとなんの計画もなく、アメリカへ行った（それから、アメリカ以外にも）。しかも、英語も苦手のようだった。小田の『何でも』は、無数の、ひとり旅する人間たち、すなわちバックパッカーを生み出した。小田の後には、沢木耕太郎が『深夜特急』で続いた。それは、八〇年代半ばで、日本がいちばん豊かな頃だった。

　バブルに向かって、大量の日本人が海外に出かけていった。一方には、ガイド付きの団体旅行の人たちがいた。「農協」の人たちが、飛行機の床に座り込んで酒を呑んだりして顰蹙《ひんしゅく》をかった。ニューヨークのティファニー本店に、バスで乗り込んだ日本人観光客の一群が、次から次へとネックレスや指輪を買いまくり、その場で電卓を叩いて、そこでも顰蹙をかった。もちろん、礼儀正しい人たちだってたくさんいたのだが。それは、団体旅行の時代でもあった。世界中に日本人観光客が溢れた。コロナ禍の前、日本に中国人観光客が溢れたときのように、である。

　勢いのある国、豊かな国の国民は、観光に出かけるのだ。

　それと同時に、たくさんの日本人が、ひとりで世界に飛び出した。もう、外国は怖いところでも、遠いところでもなかった。とりあえず行ってみたい場所になっていた。
そして、そのとき、いちばん役に立ったのが「地球の歩き方」だったのである。「地球の歩き方」が画期的だったのは、その中に、バックパッカーたちが見つけた特別な場所について書くコラムがあったことだ。有名な観光地だけではない、地元の人間しか知らないような、いや時には、地元民だって知らないような、変わった場所、珍しいものを見つけては、旅人たちは投稿した。そして、彼らが書いたコラムを頼りに、わたしたちも歩いた。そして、そのコラムに書かれた場所だけではなく、自分だけの場所を見つけ出そうとしたのである。

けれども、旅するやり方はすっかり変わってしまった。「地球の歩き方」の発行元が変わったのは、以前のように必要とされなくなったからだろう。いま旅に出かける人間は、どんな情報もインターネットから入手することができる。それどころか、グーグルアースを見れば、とりあえず行ってみることだってできるのだ。ガイドブックを手にして歩くなんて面倒くさいし、役に立たない。みんながそう思うようになった。「地球の歩き方」の役割は終わったのである。

それでも、時々、「地球の歩き方」を懐かしむような本は出た。たとえば、『宇宙の歩き方』とか。わたしは、その本を読みながら、なんだかうれしくなった。細かいところまで、本家の「歩き方」とそっくりな、その本を読んでいると、ほんとうに、宇宙を「歩き」たくなってくる。宇宙こそ、もしかしたら、バックパッカーが最後に行きたいと思うところかもしれないと。とにかく、みんな、あのガイドブックが大好きだったのだ。

そして、東京の「歩き方」が出た！

東京の「歩き方」が出た、という話を聞いたときには驚いた。なにかのパロディ本なのか、と思った。たとえば、『宇宙の歩き方』のように（いや、この本だってパロディではなく、真面目に宇宙旅行について書いてあるのだが）。

ところが、そうではなかった。あの、懐かしい「地球の歩き方」シリーズをすべて踏襲した上で、東京を歩いてみよう、というのである。

「地球の歩き方」は、外国を歩く日本人のためのガイドブックだった。ということは、これは、日本を歩く外国人のためのガイドブックなのだろうか。

いや、それなら、もうすでにある。わたしの手元には、二冊の「lonely planet」のTO

KYO版がある。「lonely planet」は世界最大の旅のガイドブック。読んでいて楽しい。

だいたい、日本を訪れる外国人に、日本語のガイドブックは必要あるまい。となると、この「東京の歩き方」（正式には『地球の歩き方　東京』学研プラス）は、誰のために、なんのために、書かれたのか。

そうか。慣れ親しんだ「東京」を、初めて見るかのように、新鮮な気持ちで歩くためのガイドブックなのか。ということは、「東京」を「TOKIO」として歩いているわたしの同志のようなものだ。

よし、見に行こうではないか。ふだん知らない「東京」の姿を、外国人のような気持ちになって。

外国人になったつもりでMEIJI-JINGUを訪れる

最初にどこに行こうかと思った。東京らしいところ……じゃなくて、TOKIOらしいところ。わたしのゼミの学生（女の子）に訊いてみた。というのも、彼女は、「lonely planet」を中心にした、英語圏の日本ガイドブックについて卒論を書いていたからだ。申し訳ない、わたしが、「lonely planet」を持っているのは、彼女を指導しているせいなのである。

「まず、どこへ行けばいいかな」とわたしがいうと、彼女は、こう答えた。

「日本についてのガイドブックは、みんな、まず宗教的な場所に行くように勧めています！」

「オーケイ。宗教的な場所というと、まずは神社だね。レッツゴウ・トゥ・レリージャス・スポット！」

「東京の歩き方」によれば、「東京最強パワースポット5」の一番目は明治神宮だそうだ。

「都心の喧騒がうそのよう、厳かな空気に癒やされる」とも書いてある。

「1920年、明治天皇・昭憲皇太后を慕う人々の熱意により創建された明治神宮。境内は88度をなす『枡形』と呼ばれる曲がり角、いろいろなところに配された猪目文《いのめ》様（ハート形）、そして大ブームを巻き起こした清正井《きよまさのいど》など、縁起のいいスポットが点在している。2020年は鎮座百年の節目の年であり、奉祝行事が予定されている」

申し訳ない。ぜんぜん知らなかった。TOKIOを、いや、JAPANを代表する宗教的スポットであるのに、まるで知識がありませんでした。「大ブームを巻き起こした清正井」だって？　それ、わたしの知らない世界での出来事なんだろうか。

まあ、いい。これこそが知らない場所を訪れる旅だ。もちろん、明治神宮には何度も行ったことがある。実は原宿に住んでいたことがあるのだ。自分でも信じられないが。初詣は明治神宮だった。それから……あれ？　初詣以外に行ったことがあったかな。もしかしたら、ないかもしれない。あんなに近くに霊的な場所があったというのに。ほんとうに情けない。一からやり直すいいチャンスだ。そう思ったのだった。

大晦日に明治神宮を訪れたら

わたしが明治神宮に向かったのは一二月三一日のことだった。大晦日である。いくらなんでも、この日はないだろう。わたしだってそう思う。どうせ行くなら、もう一日延ばして、元日にすれば、初詣もできて一石二鳥だったのに。

しかし、いったん静まったかに見えたコロナさんが、逆襲を開始して、できれば三密は回避したい。というわけで、結局、可能な日が三一日しかなかったのである。そのせいで、家族には叱られたのだが。

原宿駅を降りた。そうだ。書いておかなければ。原宿駅はすっかり変わっていた。わたしが住んでいた頃は、都会に似合わぬ古めかしい感じの駅舎で、それが素敵だった。なのに、駅舎はすっかりモダンなものになっていた。ガッカリだ。この駅舎のせいで、スピリチュアルの度合いが三〇%は減ってしまったのではないか。そんな気がした。今回、気がついたのだが（というか、そんなことは住んでいたときにわかっていたはずなのだが）、原宿駅を降りると、もう目の前が明治神宮なのである。ということは、原宿駅は、明治神宮の玄関、いや大鳥居みたいなものだろう。だったら、もうちょっと、聖なる雰囲気がある造りにしてほしかった。五重の塔にするとか。

まあ、いい。造ってしまったものは仕方ない。

とりあえず鳥居をくぐることにした。で、びっくりした。人が少ないのである。

いや、正確にいうと、いままで来たときはいつも、大勢の人がいた。そりゃそうだ。初詣のときに来たのだから。なんというか、「ハレ」の日、特別な日に来たのである。だから、わたしの中では、明治神宮=人ごみ、とインプットされていた。

ところが、今日は、ほとんど人がいない。ちらほらとしか。これが明治神宮の日常なのだろうか。それとも、コロナ禍の下での、明治神宮の「ニューノーマル」なのか。

参道を進んでいった。もちろん、ガラガラだ。参道の両側には高い樹が続き、空気は澄んでいる。おお、イメージの中の明治神宮とはまるで違う。そのときだった。わたしは、予想外のものを発見したのである。

ここも「武蔵野」だった

参道の途中に「明治神宮御苑」という看板が出ていた。

「明治神宮御苑
明治天皇御製
　うつせみの代々木の里はしづかにて
　都のほかのここちこそすれ

この御苑は江戸時代の初めから大名加藤家、井伊家の下屋敷の庭園でありましたが、明治初年皇室のご料地となり、明治天皇の思召により所々模様替えがなされ、昭憲皇太后にはたびたび行啓になられた由緒深い名苑であります。

面積は約八三、〇〇〇平方米（二万五千坪余）で武蔵野特有の面影を残した苑内には、隔雲亭《かくうんてい》、御釣台《おつりだい》、四阿《あずまや》、南池《なんち》、菖蒲田《しょうぶだ》、清正井などがあり四季折々の眺めは誠に趣があり、殊に六月に咲き競う御祭神ご遺愛の花菖蒲の美しさは格別です」

なるほど、そうだったのか。なにが、なるほどなのか、説明させていただこう。

みなさんは、『武蔵野』という小説をご存じだろうか。いえ、知らなくてもかまいません。とにかく、日本の近代小説が明治に生まれた頃の代表作なのである。とはいっても、それを書いた作者の国木田独歩という人が「武蔵野」の原野を歩いて、しみじみと感慨にふけるだけの小説だ。いいよね、それで小説ということになって、文学史に残るわけだから。それはともかく、なんとなく武蔵野の原野を歩くところを想像してみてください。それって、どこら辺かわかりますかね。

えっ？　八王子とか？　もっと奥の高尾山のあたり？　残念でした。実は独歩さんが歩いたのは渋谷近辺だった。その頃、武蔵野の原野は渋谷あたりまで広がっていたのである。

そもそも、このあたりは、百年ほど前には森だったのだ。

わたしは、昔の「武蔵野」をぶらぶら歩いた。小説『武蔵野』における独歩さんの行動の再現である。素晴らしい。人もほとんどいない。正直にいって、こんな場所が明治神宮の中にあるとは知らなかった。初詣のことしか頭になく、目も心も真っ直ぐ本殿に向かっていたからだろう。ほんとうに、初詣目的で来なくてよかった。

「御釣台」には「明治時代に天皇様の思召により設けられ皇后様には時々御釣を楽しまれたと伝えられています」という看板が立っていた。皇后様はいったい何を釣っておられたのだろう。というか、そんなことをして楽しかったんだろうか。

それから大ブームを巻き起こしたという清正井にも行ってみた。そこには、他の観光客もいた。ひとことで感想をいうなら、「小さっ！」「地味！」というものだった。けれども、そんな罰当たりなことをいって祟られても困るので、きちんと拝んでおいた。「東京の歩き方」には「ご注意！」として「澄んだ水がこんこんと湧き出て水面が揺れる様子を待ち受け画面にするといいパワーを得られるといわれているが、水が濁っていたら日を改める方がいい」と書いてある。こういうことを親切に教えてくれるのが「地球の歩き方」シリーズのいいところなのだ。まことにありがたい。いわれた通り、iＰａｄで撮影したのだが、どうも、落葉に埋まった目立たないごみ捨て場の水たまりにしか見えないのだ……。

広大な「武蔵野」を歩いたので、もう明治神宮は見た、という気がした。そのまま帰ってもよかったのだが、せっかく本殿の前まで来たのだから、お参りをしようかと思って、そこで考えた。

大晦日にお参りすると、これ、初詣としては無効なのだろうか。明日は明日でわたしは鎌倉の鶴岡八幡宮に初詣に行く予定なのだが、そういうことをして、神様に悪い印象を与えることになったらどうしよう。日本の神様は西洋の神様とちがって、個人営業なので、ひとりの神様を拝んだら、それでお終いというわけではない。すでに気持ちは初詣の鎌倉に向かっているというのに、大晦日の明治神宮で、なにを願えばいいというのか。

そういうわけで、あえて、直接参拝はせず、遠方から「お疲れ様です」と心の中で声をかけて、わたしは、明治神宮を後にした。いい旅だった。

忘れていた。明治神宮の中に、「さざれ石」が設置されているのである。これは、「東京の歩き方」にも書かれていない。ぜひ、改訂版が出たときには追加してもらいたい情報だ。金属製の看板に「国歌『君が代』に詠まれている」さざれ石とはっきり書いてある。みなさんは、「さざれ石」の意味を知っていらっしゃるだろうか。

「さざれ石は、大小の石灰岩の角礫が集まったもので、学名を『石灰質角礫岩《せっかいしつかくれきがん》』と言います。もともと小さな石、『細石《さざれいし》』の意味ですが、長い年月をかけて雨水などに溶け出した石灰分が沈着し、小石を凝結して少しずつ大きくなって出来ます。

明治神宮の北端、宝物殿の前に、さざれ石と国旗が並ぶ一角。新宿方面への眺望が開けている。

やがてそれが国歌、

　君が代は千代に八千代にさざれ石の巌となりて苔のむすまで

に詠まれているような立派なさざれ石となって地上に現れるのです」だそうだ。

　おお、なんということだ。意味もまったく知らないで歌っていたのか。石が岩になるって変だよなあとは薄々思っていたのだが、まあいいやどうせ国歌だからと放っておいたのだ。ほんとうに勉強になった。それから、この「さざれ石」、実に絶妙な配置になっていて、すぐ横に立つ「日の丸」の国旗と、遥か向こうの高層ビルとの組み合わせが最高だ。ふだん国旗にも国歌にも興味がないわたしだってうっとりしたぐらいである。ここは、流行りのことばを使うなら、「推し」ポイントです。

生まれて初めて、はとバスに乗る

さあ、パワースポットにも行った。ニッポンと縁の深い「さざれ石」も見た。「外国人」として、ＴＯＫＩＯを見るには、あと、なにをすればいいのか。突然、閃《ひらめ》いた。はとバスだ！

そう、かねがね乗りたいと思っていたのである。人力車には乗ったことがある（いま住んでいる鎌倉も人力車で有名だが、さすがに地元で乗る勇気はありません）。いい感じだった。ジス・イズ・カンコウ、そんな気分だった。ＴＯＫＩＯ観光といえば、やはり「はとバス」しかないだろう。これまでだって、乗りたいと思っていたのだが、なんだか「敷居」が高かったのだ。しかし、今回は「外国人」としての参加なのである。なんの問題もありませんね。もちろん、「歩き方」には「３６０度の眺望、２階建てのオープンバスで行くＴＯＫＹＯパノラマドライブに潜入」という特集がある。さすが。

まずは東京駅丸の内南口の近くにある「はとバスのりば」に向かった。東京駅のすぐ近くなのに、なんだかひなびた感じがした。時刻表によると「郊外コース」「昼のコース」「夜のコース」があるらしい。なんだか、レストランみたいだ。わたしは、ランチ……ではなく「昼のコース」を選んだ。「TOKYOパノラマドライブ（レインボーブリッジ&銀座）」というコースだ。予定は約六〇分。びっくりしたのは満席だったことだ。はっきりいうが、大晦日に、吹きさらしのバスの二階に乗って一時間のTOKIO見物をしようという人間がこんなにもいるのか。これなら、この国もまだ大丈夫。そんな気がした。

二階に上がった。寒い……。そりゃそうだ。もう一回書くが、「吹きさらし」である。幸いなことに、晴れてはいるが、真冬である。ヒマラヤ厳冬期登頂のように危険ではないが、我ながら、どうして、屋根付きのバスに乗らないのだろう。いや、おそらく、これは人力車と同じで、その街の空気を吸うことが大切なのだろう。

しかし、雨のときはどうしているのだろうか。あと、雪とかみぞれとか。そんなときには、雨具着用で乗りこむのだろうか。それならそれでかまわないが。新江ノ島水族館のイルカショーで経験済みだから。

二階建てバスの座席という空間

さて。バスガイドさんが目の前に座った。わたしたちの席は前から三列目だ。満席である。運転手さんは一階にいるので、なんだか不思議な感じだ。

バスが動き始める。バスガイドさんは「どんどん写真を撮ってください」とおっしゃる。もちろん、最初から、お客さんたちはスマホを駆使して写真を撮りまくっている。きっと、このバスの二階からの風景が、すぐに大量にインスタグラムさんに投稿されるのだろう。わたしは、というと、iPadで撮影しているのでたいへんだ。写真機としては大きすぎるんだよなあ。

皇居、日比谷公園、もちろん、どれも見慣れた光景のはずなのに、なんだか神々しく見えてくるから不思議だ。正面に見えた国会議事堂がどんどん近づいてくる。もちろん、突入したりはしない。そして、いよいよ、かつてモスラが繭を放置していったことで有名な、東京タワーだ。あれ？　今回気づいたのだが、東京タワーって、昔から、赤と白のツートンカラーでしたっけ？　二階建てオープンバスは、いよいよレインボーブリッジからお台場へ向かう。寒い……。小池知事で有名な豊洲の市場の横を通りすぎ、勝鬨《かちどき》橋を抜けてゆく。バスガイドさんがうんちくのあるお話をしてくれるのだが、騒音で聞こえないことがあって残念だ。それにお客はみんな写真を撮ることに夢中で、はっきりいってバスガイドさんなど眼中にない。ほんとうに失礼だと思う。なので、わたしはなるたけバスガイドさんを凝視するようにしていた。しかし、しゃべっているだけだとするなら、バスガイドさんも「ＡＩにとって代わられる職業」になるのだろうか。そんなことを考えているうちに、バスは旧築地市場を過ぎ、歌舞伎座の前を通り過ぎた。ただ通り過ぎるだけの旅なのか。なんだか少し寂しくなってくる。そして、気がついたときには、元の東京駅の停車場に到着していた。

六〇分弱だったけれど、強い連帯感で結ばれた（ような気がする）仲間たちが、次々にバスから降りてゆく。おそらくは、もう二度と会うことなどないだろう。そう思うと、万感胸に迫るものがある……というのはウソで、みんな、あっという間に、雑踏の中に消えていった。

あの二階建てのバスの上部座席の空間は、修学旅行の列車やバスの空間に似ているような気がした。あの頃は、目的地ではなく、誰かと一緒にどこかへ行くことだけで楽しかった。旅はひとりなんて気持ちは、あの頃にはなかった。いつの間にか、ひとりがいいと思うようになっていたのかもしれない。

東京ではなくＴＯＫＩＯを歩く。外国人になって、ガイドブックを片手に携えて。そういう旅行も悪くない。今度は、また別のところに行ってみよう。ＪＡＰＡＮにしかないというＰＡＣＨＩＮＫＯ-ＧＡＭＥ ＣＥＮＴＥＲとか？

トキワ荘マンガミュージアム
マンガが若かったころ

二〇二一年三月二五日

豊島区立トキワ荘マンガミュージアムは南長崎花咲公園の一角にある。取材時、満開の桜の下で。

「トキワ荘」は、マンガファンにとって、忘れることができない言葉だ。そこは、昭和二〇年代後半から三〇年代半ばにかけて、マンガ家たちの夢の砦だった。マンガファンに聖地があるなら、最初に廻るべき場所は、「トキワ荘」以外にはないのである。

その歴史について、少しだけ書いておきたい。

日本のマンガは、手塚治虫によって新しい時代に入った。別の言い方をするなら、それまで「漫画」であったものは、手塚の登場以降、「マンガ」になったのである。昭和二二(一九四七)年に出版された描き下ろし長編『新寶島《しんたからじま》』は、まるで映画を観ているようなダイナミックな描写によって、異例のベストセラーとなった。その頃、マンガ家を目指した若者で、この作品の影響を受けなかった人間はいなかっただろう。『新寶島』の登場は、戦後の幕開けそのものだった。いうまでもなく、トキワ荘に集まった若者の大半は、手塚に憧れていた。

昭和二七(一九五二)年、兵庫・宝塚から東京・四谷に移っていた手塚は新たな住居として、雑誌「漫画少年」を編集していた学童社の加藤宏泰に、当時ほぼ新築であったトキワ荘を紹介された。木造モルタルのアパート、トキワ荘の棟上げは昭和二七年一二月、手塚の入居は二八年一月だった。

崎駅の近くの、オンボロアパートの六畳一間に引っ越した。そんなところに住むのは初めてだった。両親の実家も裕福だったし、父は社長だったのだ。少し前までは。

窓からは、西武線が見えた。父は働かずにいつも家にいた。あるとき、大家がやって来た。ヤクザ風の男だった。金がなかった父が、家賃の通帳にニセのハンコを押して、支払ったように見せかけたのである。そんな子どもだましが通じるわけがない。やって来た大家は、父にこういった。お互いに貧しいのだから、いってくれればよかったのだ。無慈悲に取り立てるわけじゃない。だが、誤魔化すのはいかん。それだけいうと、大家は帰った。父は恥ずかしそうな薄笑いを浮かべ、母は号泣し、わたしと弟はやる瀬ない気持ちで座っていた。なぜか、窓枠に風鈴が吊るしてあったことを覚えている。父はしょっちゅう姿を消し、母はいつも泣いていた。金は常に欠乏していて、母は、わたしに米を買いに行かせた。五〇〇グラムずつしか買えなかったので、恥ずかしかったのだ。ついには、食べるものがなくなり、簞笥の中にあった塩コンブだけを食べた。そのときも母は嗚咽《おえつ》した。

その頃、学校に通った記憶がない。もしかしたら、行く余裕などなかったのかもしれない。もっぱら、わたしは弟と家で遊んでいた。大阪にいたとき、楽しみだったラジオも、大量にあったマンガもなく、もちろん玩具などなかった。空き缶、空き壜、あらゆるガラクタがわたしたちの玩具だった。それらを使った空想の宇宙戦争で、わたしと弟は遊んだ。そのうち、それだけでは物足りなくなり、少しでも余裕があるときは、画用紙を、余裕がないときには新聞紙か広告の紙の裏を使って、「紙芝居」を作った。

物語を書き、次の紙に絵を描き、その裏に、続きの話を書き、そして、また次の紙に絵を描いた。そうやって、わたしが作ったのは、すべて「SF冒険もの」だった。宇宙戦争、宇宙人、宇宙船、植民都市、怪物、大地震、彗星衝突、台風、地震、津波、巨大怪獣、宇宙戦士、宇宙侍。宇宙の彼方からやって来た異星人たちの襲撃に遭って世界は破壊され、滅びてゆく。おそらく、それまでに見たり、聞いたりしたものすべてが入り交じった物語だった。

怪獣映画は、恐怖映画だった

昭和二九（一九五四）年に公開された、シリーズ第一作の『ゴジラ』を、公開時に観ていたかどうかは、はっきりしないが、巨大な有刺鉄線に強力な電流を流し、ゴジラを撃退するシーンには微《かす》かに記憶がある。もしかしたら映画館で観たかもしれない。昭和三〇（一九五五）年公開の第二作、『ゴジラの逆襲』は、はっきりと映画館で観た記憶がある。

大阪城の近くで、もう一頭の怪獣アンギラスと戦うシーンは忘れることができない。あまりの恐ろしさに、それから半世紀ほどの間、つまり最近まで、ゴジラ、もしくは、ゴジララしき怪獣が、家の外まで迫ってくる悪夢を繰り返し見たほどだ。

怪獣の咆哮《ほうこう》が響き、窓の外には炎の赤が揺らめいている。別の夢では、わたしは、道路の隅の下水溝に身をひそめていた。すると、巨大な怪獣が地響きを立てて近づいて来るのである。恐怖のあまり、心臓が止まりそうだった。もちろん、それは夢の中ではあったけれど。

翌三一（一九五六）年には、『空の大怪獣ラドン』を観た。「ラドン」が最初に登場するのは、怪奇な事件が起こった後、現場に残された一枚の写真の中の謎の映像としてである。そこには、「何か」が写っていた。それが「ラドン」の巨大な翼の一部であることは、後にわかるのだ。その写真もまた、わたしを心底恐れさせた。これを観たのは、まだ、金銭的に余裕があった、大泉学園時代だと思う。どの怪獣映画も、わたしにとっては恐怖映画だった。巨大な怪獣は、わたしにとって未知のすべて、とりわけ「死」を象徴していたのかもしれない。

わたしは、小学校入学前から、月刊のマンガ誌「少年」と「冒険王」を毎月、買っていた。もう一誌あったと思うが、それが「漫画王」だったか「少年画報」だったか覚えていない。いちばん熱心に読んでいたのは「少年」だった。手塚治虫の『鉄腕アトム』の他にも、横山光輝の『鉄人28号』や堀江卓の『矢車剣之助』を愛読していた。「少年画報」には、福井英一・武内つなよしの『赤胴鈴之助』が載っていて、ラジオ版ドラマと共に強い印象が残っている。吉永小百合の（声の）デビューは、この『赤胴鈴之助』だった。もちろん、当時そんなことは知らなかったのだが。

おそらく、東長崎にいた頃には、そんなマンガ雑誌を手にいれることもできず、記憶の中にある映画やマンガの切れ端をつなぎ合わせることが、わたしにとって唯一の娯楽だったのだろう。

サイダーの罎は宇宙船だった。サイダーの蓋は、小さな円盤の群れだった。壊れかけた積み木は、タンクや砲を積んだ特殊車両だった。ケーキの空き箱は要塞になり、鉛筆立ては、ロケット発射台になった。ゴミしか入っていないように見える箱をひっくり返すと、その瞬間、汚れた、小さな六畳間の一角に、宇宙戦争の世界が広がった。あるいは、昭和三二（一九五七）年公開の『地球防衛軍』に出てくる、富士のすそ野に造られた宇宙人の基地やそこから放たれる強烈な光線を繰り返し思い出しながら、わたしたちは遊んだ。バキューン、ギューン、ドギューン、グググシャーン！　わたしたちは、そこで遊び、それから、おもむろに、「紙芝居」にとりかかるのだった。

だから、あの「紙芝居」たちは、わたしにとって最初の創作であり、他に楽しみがなく、いつも座って、目を見張りながら熱心に聞いていた弟は、わたしの最初の読者だった。

もっとも熱心なとき、わたしは、毎晩、新作を作り上げた。あれはいったいどんな物語だったのだろうか。残念なことに、なに一つ、記憶には残っていないのだ。

新トキワ荘へ

トキワ荘はもう存在しない。昭和五七（一九八二）年に老朽化のため取り壊され、およそ四〇年後の令和二年に「トキワ荘マンガミュージアム」として再現されたのである。再現にあたって、当時の資料が発掘され、元のトキワ荘と同じものになるよう、細部にまで神経が払われた。だから、この新しいトキワ荘を、新トキワ荘と呼ぶことにしたいと思う。

三月二五日、わたしは、都営大江戸線の落合南長崎駅の改札口を出た。改札口のすぐ近くに水野英子の『星のたてごと』の絵が飾られ、ユリウス王子が「姫、お守りします」と呟くと、リンダ姫は「なんてすてきなかた…」というのだった。

わたしはゆっくりと歩いた。満開に近い桜が、わたしが歩く道に沿って、ずっと続いていた。

新トキワ荘は区立公園の一角にあった。そこもまた、見事に桜が咲き誇っていた。何人もの観光客らしき人たちがいたが、彼らの目的は、新トキワ荘ではなく、その桜だったのだろうか。新トキワ荘の前に「トキワ荘」という名前が墨書された、すっかり汚れた四角い看板があった。入口を案内するためのものだろう。「トキワ荘」という大きな文字の横に「椎名町五丁目二二五三番地」と小さく、やはり墨で書かれていた。天辺のブリキらしい金属はすっかり錆びていた。

一階が閲覧・物販のために使われ、二階にマンガ家たちが住んだ部屋があった。

狭い階段をゆっくり上がってゆくと、足元で板が鳴る音が聞こえるような気がした。そしてもう一つ、ことばにならないある感情が、どこかから芽ばえはじめたような気もした。

階段を上りきると正面に便所があり、解説板には、こう書かれてあった。

「2階の住人が共用で使っていたトイレ。男女共用でした。奥に個室（大便器）が2室と、右手に小便器2ヶ所が設置されています。マンガ家が暮らした時代には大便器は汲《く》み取《と》り式で、用を足すと2階から1階へ土管を通って、下にあるツボに落ちる仕組みでした。臭《にお》

ミュージアムの共同炊事場。かつての住人たちの監修で忠実に再現された。

いがきつく、目が痛くなるほどでした」

中に入ることはできず、わたしは柵越しに「便所」を見た。全体に煤《すす》け、小便器（「アサガオ」というべきだろう）は黄ばんで、臭気さえ漂っていそうだった。その光景を見ながら、わたしは、また、さっきの不思議な感情が揺らめくのを感じていた。

便所のすぐ横は共同の炊事場だった。正面は洗い場で、水道栓が四つ顔を覗かせ、その栓からは石鹸《せっけん》が吊るされていた。洗い場には洗濯用のアルマイトらしき桶や、積み重なった皿が無造作に置いてあり、布巾が、まるで当然のような顔をしてかかっていた。両脇にはガスコンロが並び、鍋や汁椀、皿やとっくり、茶碗が見えた。真ん中には、木製の台が置かれ、食べかけのラーメンやファンタやビールの空き壜が載っていた。その台の上には濡れたまま皿が置かれた跡が、小さなシミのようになって残っていた。笑いたくなるほど、リアルに、「あの頃」が再現されていたのだ。

手塚治虫や寺田ヒロオ、あるいは、他の、当時のトキワ荘のメンバーたちが、その前に立ったら、一瞬、いま自分たちがどこにいるのかわからなくなるにちがいない。わたしは、そう思った。そのとき、わたしはやっと、自分の中に蠢いていた感情の由来に気づいたのである。

そうだ。わたしが住んだ東長崎のアパート。それからすぐに移った、同じ東長崎のもっと小さな、四畳半一間のアパート。そして、その後に住んだ、千歳船橋のアパート。どこのアパートの便所も同じだった。どのアパートにも共同の炊事場があった。同じように、ガスコンロが並び、そこの住人たちが料理を作り、米をとぐ洗い場で、洗濯をした。暑い夏には、その洗い場に横たわって水をかぶったのだ。

背中に赤ん坊をくくりつけた妊婦と母が、並んで話をしていた。料理を作りながらだった。どんな料理だったのだろう。魚の煮つけの強い匂いが漂っていた。

「お醬油貸して」

その妊婦は母にいった。いや、もしかしたら、そういったのは、母の方だったのかもしれない。
みんな貧しかった。そこには、貧しい者しか住んでいなかった。そして、わたしはすぐに、その生活に慣れてしまっていた。

そこには、わたしの「あの頃」も復元されていたのだ。

寺田ヒロオの住んだ22号室は、写真を元に再現された。現在はトキワ荘通りお休み処に展示。

巨匠たちの青春時代

炊事場のすぐ横が、寺田ヒロオの二二号室。小さな座り机、箪笥、食器棚。部屋はキレイに整頓されていて、この部屋の主人が几帳面であることを示していた。打って変わって、小さな食卓の上に、飲みかけのサイダーの壜、バヤリースオレンジ。畳の上に積まれたラーメンの丼。この部屋に、トキワ荘の若いマンガ家たち、とりわけ「新漫画党」の面々が集まり、果てしなく、マンガへの情熱を語り合ったのだった。

藤子不二雄のひとり、安孫子素雄がトキワ荘を初めて訪ねたのは、昭和二九年二月のことだった。それは後で本格的に上京するための下見だった。安孫子は雑誌社への訪問の後、トキワ荘の手塚を訪ねた。手塚は喜んだが、他所《よそ》でカンヅメになるため出かける必要があって、反対の二二号室の寺田に、安孫子を紹介し「ちょっと相手をしてやってくれ」と頼んだ。手塚は数時間のつもりだったが、すぐには帰って来なかった。結局、安孫子は一週間ほど寺田の部屋に滞在することになり、その間、ふたりは急速に親しくなっていった。

その一週間の間に、安孫子は、手塚の原稿を手伝うことになった。『ジャングル大帝』の最終回である。それは、歴史的な瞬間であった。後に、安孫子はこう書いている。

「主人公のジャングル大帝・レオと探検隊が、吹雪の中、ムーン山という山で一人ずつ、バタバタと倒れていく悲劇的なラスト、僕は吹雪を担当して描いていました。先生は仕事の際、必ず音楽をかけます。当時はLPレコードで、四畳半の部屋に、チャイコフスキーの交響曲第六番『悲愴』が鳴り響いていました。僕は吹雪を描くうちに、自分が探検隊の一人になって、本当に山の中で凍死していくような気になっていきました。もう涙が出て、止まりませんでした」（『81歳いまだまんが道を…』藤子不二雄

Ⓐ著　中公文庫）

このとき、最終回を描く手塚や安孫子の様子を、たまたま訪ねた、つげ義春が見ていた。一説には、このときの安孫子の経験が、マンガの世界における後の「アシスタントシステム」を生んだといわれている。

六月、藤子不二雄（安孫子と藤本弘）のふたりが上京した。

一〇月、トキワ荘を去る手塚が、その後に住んではどうかと二人に打診した。「敷金は置いておくが、家賃は自分たちで払うようにね」と笑いながら手塚はいった。安孫子と藤本には、手塚がほんとうの神様に見えた。

昭和三〇（一九五五）年の暮れ、藤子たちが借りていた一四号室の隣、一五号室が空き、そこを借りることにした。藤本が一五号室に移り、富山から母を呼び寄せた。一四号室はそのまま安孫子が、姉の喜多枝と暮らした。やがて、安孫子も母を呼ぶことになる。二〇号室には鈴木伸一、二二号室の主はさっきも書いたように寺田ヒロオであった。

昭和三一（一九五六）年の春に高校を卒業した石ノ森章太郎は、高校生の頃から、雑誌「漫画少年」への投稿で〝天才少年〟として知られていた。そして、高校を卒業した後は、プロのマンガ家になるつもりだった。
以前から、石ノ森の相談を受けていた寺田は、トキワ荘に空き部屋がなく、石ノ森のために、近所の物件を探しておいた。四月、上京した石ノ森はその足でトキワ荘の寺田を訪ね、寺田に案内されて三畳の新居に移った。講談社から仕事をもらった石ノ森だったが、一人暮らしをしたことがなく、たちまち、食べるものにも事欠き、餓死寸前になった。そんな石ノ森を、心配して見舞いにいった赤塚が見つけたのである。赤塚はこう書いている。

「ナイーブな田舎少年には、飲食店に一人ではいるのは、かなり勇気のいることだった。ましてや、おカミさんたちにまじって、八百屋やコロッケ屋で、買いものをすることなど、気はずかしくて、とてもできなかった」（『手塚治虫とトキワ荘』中川右介著　集英社）

この日からしばらく石ノ森は赤塚の部屋で過ごした。このことを聞いた寺田は、石ノ森をトキワ荘で「引き取る」ことにした。敷金を立て替え、空き部屋を用意したのである。石ノ森が住んでいた西落合の下宿から、徒歩で一〇分ほどの距離だったが、石ノ森がリヤカーを引き、赤塚が後ろから押した。石ノ森が一七号室に入居すると、赤塚は、あっという間に人気マンガ家になってしまった石ノ森のアシスタントをすることになった。そして、八月、赤塚は石ノ森の隣の一六号室に引っ越した。ここに、「マンガ家たちの夢の砦」としてのトキワ荘が完成した瞬間だった。

この後も、水野英子を筆頭にして、何人ものマンガ家たちが移り住んだ。それだけではなかった。住むことができなかったマンガ家たちは、折に触れて、トキワ荘を訪ねた。その中に、つのだじろうや園山俊二がいた。

なにより驚くべきなのは彼らの若さだろう。昭和三一（一九五六）年における彼らの年齢は、寺田が二五歳、藤本が二三歳、安孫子が二二歳、赤塚が二一歳、石ノ森に至ってはこのときまだ一八歳だった。いや、ほんとうに驚くべきことは、「マンガの神様」手塚治虫が、この年、まだ二八歳だったことなのかもしれない。マンガは若かったのだ。

編集者もまた、トキワ荘をしょっちゅう訪ねた。誰かがマンガの原稿を落としそうになったとき、いつでも代わって描いたり、手伝ったりしてくれる、才能豊かな、若いマンガ家たちが揃っていたからである。

彼らは驚くほどの速さで、人気マンガ家になっていった。そして、そんな彼らにとって、いつの間にか、トキワ荘は「狭すぎる」場所になっていたのである。

最初にトキワ荘を出たのは、みんなの「兄」であった寺田ヒロオだった。『背番号0』や『スポーツマン佐助』で人気マンガ家になった寺田は、炊事に割く時間もなくなり、食事付きの下宿に移った。昭和三二（一九五七）年のことである。そして、すぐに寺田は結婚した。

昭和三六（一九六一）年には安孫子と藤本がトキワ荘を退去した。ふたりで川崎市に地続きの土地を買って家を建てたのである。この年の一〇月、赤塚もアシスタントの登茂子と結婚して退去した。このとき、石ノ森は世界一周旅行に出ていたが、帰国後、彼もトキワ荘を出ることになる。

最後に残った、石ノ森のアシスタント・山内ジョージが昭和三七（一九六二）年三月に引っ越して、トキワ荘にマンガ家はひとりもいなくなった。夢は、終わったのである。

夢の後

わたしは、部屋の前をゆっくり移動していった。もう、そこには、誰も住んではいない。いや、もともと、ここは、あの「トキワ荘」ではなく、それによく似たミュージアムに過ぎないのだ。それにもかかわらず、そこは知っている場所でもあるような気がした。

すでに、彼らの多くは、この世界の住人ではない。けれども、わたしは、マンガの頁を開けば、彼らの世界が広がっていることを知っているのである。わたしは、みんなの「兄」だった寺田ヒロオの部屋の前でいちばん長く佇んでいた。あの頃、わたしがいちばん好きだったのは、手塚治虫ではなく、寺田ヒロオだったような気がする。

トキワ荘マンガミュージアムの2階廊下に佇む作家。誰もが昭和にタイムスリップする場所だ。

昭和三四（一九五九）年、史上初めての週刊マンガ誌が創刊された。「週刊少年サンデー」と「週刊少年マガジン」である。それは、わたしたちマンガファンにとって驚天動地の出来事だった。発売当日、わたしは自転車を飛ばして本屋まで買いに行った（その頃、わたしの家は、極貧生活をようやく脱出していた）。「少年サンデー」の表紙は長嶋茂雄、「少年マガジン」の表紙は大関・朝汐。「少年サンデー」には寺田の『スポーツマン金太郎』が載っていた。金太郎と桃太郎がプロ野球で競う、このスポーツマンガ、金太郎の相棒はキャッチャーのクマなのである。

たちまち『金太郎』は大人気となった。だが、昭和三八（一九六三）年、五年の連載の後、「疲れはて、描くものがなくなった」寺田は自ら編集部に連載終了を申し入れた。翌週から柔道マンガ『暗闇五段』の連載開始、翌三九（一九六四）年まで続けたが八カ月で終了。寺田の週刊誌への連載はここで終わった。以降、わたしたちマンガファンの前から寺田は姿を消した。その理由について、少しずつ商業化し、暴力化するマンガ表現に嫌気がさしたのだともいわれているが、ほんとうの理由はわからない。

寺田ヒロオこそ、トキワ荘の夢の象徴だった。だが、夢は、いつか消え去るのである。


新トキワ荘を出てしばらくして、振り返ってみた。桜の花が、建物をおおうように咲き誇っているのが見えた。まるで夢の中の風景のようだった。けれども、それが、誰の夢なのかはわからなかった。

三鷹の森ジブリ美術館　宮﨑さんの話

二〇二一年七月五日

美術館2階、巨大なネコバスの前で。フワフワ感が子どもたち（小学生以下限定利用）に人気だ。

道のまん中に立つ人

一度だけ宮﨑駿さんとお話ししたことがあって、そのときのことはいまも深く記憶に刻みこまれている。なにより、宮﨑さんの方からお声をかけていただいたので、びっくりしたのだ。わたしの本を読んで興味をもっていただいたようだった。もしかしたら、それは、前年に単行本が出た『「悪」と戦う』という小説だったのかもしれない。その小説は、わたしの幼い子どもたちをモデルにしたファンタジーで、書きながら何度も、宮﨑さんのアニメの世界を思い浮かべたことがあったのだ。

もちろん、わたしはお会いすることにした。通常は、その機会を利用して、仕事に結びつけたりするのだが、仲介していただいた出版社からも「そんなことをする必要はありません」といっていただいた。だから、ただ会ってお話をするだけのことになったのだ。これほど贅沢なことはないと思った。

それは二〇年と少し前、二〇一一年の二月のことだった。「3・11」のひと月ほど前のことである。いま思えば、あの頃からずっと社会は大きく揺れ動いているような気がするのだが、もしかしたら、実はいつだってそうで、ただわたしたちが気づかないだけなのかもしれない。

その頃、社会でどんな事件が起こり、なにについて考えていたのかはまるで覚えていない。その六年前に大学の教師になり、ほぼ同じ頃、立て続けに男の子が生まれたため、子育てと仕事に追われてなにも考える余裕がなかったような気がする。それも、いまとなっては、はっきりしない。

その日、JR中央線東小金井駅で降り、スタジオジブリの受付に行くと、「宮崎さんのアトリエへ行ってください」といわれた。そして、いわれた通りに、道を歩いてゆくと、ずいぶん向こうに、作業用のエプロンをつけた、白髪の精悍な男性が道のまん中に立ってこちらを向いているのが見えた。それが宮崎さんだった。わざわざ道まで出て、迎えに来てくださったのである。現実の光景とは思えなかった。まるで、映画の中の一シーンのようだった。そして、その光景の中にいる宮崎さんは、人間というよりも、森の妖精か精霊のように見えた。宮崎さん自身のアニメの中に出てくるような、ということばを付け加えてもいいだろう。

それから、アトリエに入り、およそ三時間ほど、お話をした。というか、もっぱら、話をされたのは宮崎さんの方だった。

後で調べると、まさにその前日、アニメ『風立ちぬ』の企画が決定されたばかりだったのだ。そんな忙しいときに、わたしのような見知らぬ者に、貴重な時間を割いていただいたのだ。もちろん、そのときは、そんなことなど知るよしもなかった。

宮崎さんがそのとき話されたことについては、何度か書いたことがある。

いまとりかかっている作品、『風立ちぬ』のこと。そこで描かれる零戦のこと。そして、戦争のこと、主人公のこと。おそらく、宮崎さんの頭の中をそのとき占めていたことを、わたしを恰好の聞き手として話されたのかもしれない。それは、とても、長く、豊かな、戦争や表現についてのお話だった。

そして、話は、やがてアニメそのものの話題になり、目の前にあった暖炉の炎を見つめながら、宮崎さんは、初めてジブリにやって来るアニメーターたちに、その炎を見せてあげるんだ、とおっしゃった。彼ら若い世代にとって、「炎」のイメージは、アニメからやって来る。「ほんもの」の炎を見たことがないのだから、と。

そうだった。「ほんもの」というものがあるとして、それをどんな風に表現するのか、ということについて、宮崎さんは話されたような気がする。それは、わたしもまた、いつも考えてきたことだった。

「ほんもの」の、それがあるとして

「タカハシさんは、アニメでいちばん大切なものはなんだと思いますか？」

宮崎さんにそう訊ねられた。さっぱりわからない。

「物語でもないし、映像……ですか？」

当てずっぽうで、そう答えると、宮崎さんは、ニッコリ笑って、こうおっしゃった。

「『音』なんですよ」

それはまったく意外な回答だった。「アニメ」と「音」、確かに、「アニメ」には「音」もついてくるのだけれど。

「『ハウルの動く城』では、音を採録しにヨーロッパに行きました。『コクリコ坂から』では舞台となるのが一九六三年頃なので、昭和の音を探して日本中を探し回りました。『絵』は作ることができるけれど、『音』は作れない。もう、昭和の音を見つけることはできないのですよ」

宮崎さんの愛車はシトロエンで、エアコンはつけておらず、暑いと窓を開ける。それでじゅうぶん。家でも、そうしておられるとうかがった。「外の音が聞こえないのはイヤ」

だからだ。

たくさんのお話をうかがったのに、ずっと耳の底に残っているのは、そのことだった。「絵」ではなく「音」。失われた「音」は戻って来ないこと。

わたしが「昭和」をテーマにした長編小説を連載し始めたのは、それからしばらくたってからのことだった。たくさんの、「昭和」に関する文献を読み、考え、いまもずっと書いているが、いつも、「失われた『音』は戻って来ない」という宮崎さんのことばを思い出す。だから、文献をただ読むのではなく、その中にかすかに残っている「音」の部分、具体的には、できるだけ、個人の「声」を聞き取ろうとしている。だが、それは、とても難しいことなのだ。

五感のうち、人間が最初に獲得するのは「聴覚」なのだそうだ。だとするなら、胎児が最初に感じる世界の感覚は羊水を通して伝わってくる母親の心臓の拍動、あるいは鼓動なのかもしれない。そして、この世界を去るときにも、最後まで聴覚だけは生きているといわれている。わたしたちは、耳を通して世界に触れ、最後に耳で別れを告げるのである。

宮崎駿の作る世界が、わたしたちに伝える、あのなんともいえない独特の感覚は、そこからやって来るのかもしれない。眼前に繰り広げられる、美しい風景、魅力的なキャラクター。それだけではなく、それらすべてを包みこんでいる「懐かしい」感覚が素晴らしい。

では、なにが「懐かしい」のか。

たとえば、『となりのトトロ』に出てくるおばあさん。夏休みに田舎に帰ると、あんなおばあさんがいた。日本人の多くはそんな経験をした。いまはどうだろう。帰るべきそんな田舎はなくなった。習慣もだ。そして、それはとてもさびしいことのような気がするのである。

畑のキュウリをもいで食べる。あるいは、西瓜《すいか》を井戸で冷やして食べる。「田舎」とはそういうものだった。それらの経験。匂い、味、それから、かじったときの音、水が流れる音。吹いてくる風を感じること。

宮崎さんのアニメが伝えようとしていたのは、そんな「五感」に関わるものだった。そして、そんなアニメを作ることは難しくなった。作り手の側に、「五感」を知る者が少なくなってしまったからだろうか。

一〇年前のあの日、わたしは、ぼんやりとそんなことを考えていたのだった。

帰り際、わたしは、こういった。

「ありがとうございました。いま、わたしの手元には、五歳と七歳の男の子がいて、宮崎さんのアニメに夢中です」

するとと、宮崎さんは、ニッコリ笑われて、こうおっしゃった。

「アニメは、まだ見せないほうがいいですよ。早すぎます。まずは本を読ませてください」

いや、確かに。その通りかもしれない。

美術館へ

ずっと、「三鷹の森ジブリ美術館」へ行きたいと思っていた。けれど、ずっと行く機会がなかった。予約をとるのも大変だろうと思っていた。もちろん、確かめようともしなかったのだ。スタジオジブリの、あるいは、宮崎駿のアニメが素晴らしいことはわかっている。そのことと「美術館」が、なかなか結びつかず、そのままになってしまっていたのだ。

そして、「コロナ」がやって来て、美術館はしばらくの間、閉鎖されていた。わたしが訪れたのは、ようやく、来館者数をしぼって再開された、その後だった。

三鷹から美術館に向かうと、蔦の絡まる建物が見えてくる。出迎えるのは受付(?)の中のトトロ。下の窓を覗くとマックロクロスケもいる。

三鷹の森ジブリ美術館は、井の頭恩賜公園の西園内に作られていて、JR中央線三鷹駅からも、吉祥寺駅からも行くことができる。わたしは、三鷹駅からのルートを選んだ。

駅を出て、すぐ目の前にある玉川上水に沿って歩いてゆく。そこを歩くのは初めてだった。わたしが知っているのは、太宰治が愛人と入水した場所ということだけだ。川、いや上水をはさむように、ずっと樹が生い茂っているその道を、ゆっくり歩いた。

七〇年ほど前、太宰治もこの道を歩いたのか、と思った。なにを考えていたのだろうか。緑が多い道で、あの頃はもっと緑は豊かだったろう。それでも、彼の死を止めることはできなかったのだ。
やがて、公園に寄り添うように樹に囲まれた建物が見えた。

一面の緑の中をレンガ状のものが敷きつめられた歩道を進むと、トトロのいる黄色い壁の受付があった。下の方には小さい窓があって、顔を覗かせているのはマックロクロスケのようだ。でも、ここは、「ほんもの」の受付ではない……と書いて、では「ほんもの」とはなんだろう、と思った。少し歩くと、人間の職員がいる「ほんもの」の受付があった。そこで映画のフィルムでできたきっぷをもらった。そこは一階だが、二階でもある。正確には、「美術館」は、地下一階、地上二階なのだそうだ。けれども、斜面に建てられているので、はっきりした階数がわからなくなる。そんな場所だ。
受付は、ドーム状の玄関ホールの中にあり、扉や窓にはステンドグラスがはめこまれていた。ジブリ作品のキャラクターたちがたくさん。いつまでも見ていたくなる。というか、確認したくなる。「稲荷前」のバス停に佇むサツキとメイ、『平成狸合戦ポンポコ』の妖怪たち、もちろん、大トトロやネコバスもいる。中トトロや小トトロやキキの飼っていたネコも。天井には「ほんもの」のフレスコ画、でも、よく見るとキキがホウキに乗って飛んでいるのだ。

さあ、降りてゆこう。

ゆっくりと階段を下って「下の」世界へゆく。地上から離れてずっと。

そこが「美術館」のほんとうの「入口」だ。カオナシや湯婆婆《ゆばーば》が、ステンドグラスの中から微笑んでいる。

中は広いホールだ。そこが「美術館」の中心なんだろう。地下一階から二階まで吹き抜けの空間が広がって、天井には巨大な扇風機が取りつけられている。その上、頂上のステンドグラスから明かりが降り注いでいた。階段と渡り廊下が縦横に張りめぐらされて、『千と千尋の神隠し』の湯屋、「油屋」を彷彿とさせるといわれているらしい。けれども、わたしは、もう少し異なった感想を抱いた。

その包みこまれるような感じ。そして、あらゆるところに見える滑らかなカーブ。近代都市の建物が、直線でできているとするなら、この「美術館」は、曲線でできていた。それは、柔らかい、自然の、生きものの形状のように思えた。だとするなら、いま、わたしがいるのは、古い教会の中なのだろうか。あるいは、母なる生きものの胎内なのだろうか。そんなことを、わたしは思った。確かに、「油屋」もまた、どこか母なる生きものに似ていた。

ほんとうは歩かねばならないのに、視線があちこちと、建物の中をさまよっていた。からだと視線が、まるで別の世界をさまよっているようだ。夢の中にいるときのように。

わたしは、透明なガラスに包まれた、鉄製の古い、小さな檻のような形のエレベーターに乗ってみた。子どもの頃乗った、大阪の百貨店のエレベーターによく似ていた。それは、ガラスなどなく直接外気に晒されていた。その入口は鉄製の蛇腹のようになって折りたたまれ、木の部分もあったように覚えている。あの頃、あのエレベーターは、当時の最新型だったのに、なぜか、最初から懐かしいような気がしたのは、形のせいなのかもしれなかった。それは、エレベーターではなく「昇降機」と呼ぶのがふさわしいなにかだった。

幼いわたしは、よく日曜日になると、百貨店に連れていかれ、あのエレベーターに乗り、いちばん上の階にあった大食堂に行った。そして、子ども用の高い椅子に座るのがうれしかった。足置きがついた子ども用の椅子に座って、たとえばオムライスや、まむし（大阪で「鰻丼」のことを、こう呼んでいた）や、ハンバーグやミルクセーキを頼んだ。そして、食べ終わると、百貨店の屋上の小さな遊園地で遊んだ。そこは、都会の子どもたちの、「夢の遊び場」だった。

古い、鉄製のエレベーターに乗って、百貨店の中を上がるとき、あるいは、下りるとき、子どもだったわたしは、エレベーターの中から上を見て、それから、下を見た。

小さなエレベーターの函《はこ》は鉄のワイヤで吊り下げられ、暗い闇の中を上がったり下がったりするのだ。上も下も闇が広がって、その中をワイヤが揺れているのが見えた。不意に怖くなって、わたしは母親の手を摑んだ。

闇の中の小さな函、その小さな函の中に、小さなわたしがいた。そして、それとあまりに対照的な、眩しいほどの太陽の光に包まれた屋上の遊園地。それは、わたしの、幼い頃の記憶そのものだった。

もちろん、わたしよりずっと若い人たちは、そんなエレベーターに乗ったことはないだろう。それでもきっと、彼らもまた、この小さな函に乗ると、「懐かしさ」に似た感情を抱くにちがいない、とわたしは思った。ここでは、すべてが、わたしたちの誰もが持っている懐旧の感情に働きかけるように作られているようだった。

わたしはまず地下一階の常設展示室「動きはじめの部屋」に入った。

まるで見世物小屋の中のようだった。そして、少し暗い部屋のあちこちに、「動く絵」

ゾートロープ「トトロぴょんぴょん」。明滅するライトの下、回転するトトロが動き始める。

が展示されていた。ぐるぐると鳥が動いているだけの展示があった。大トトロやネコバスの小さな置物が少しずつ形を変えて、たくさん並べられた展示もあった。いや、それどころか、ネコバスや大トトロが回転するにつれて、動いているように見える（！）展示もあった。ものすごく原始的で、だからこそ、よけいに楽しかった。子どもでもできるような、簡単な仕掛けで、でも、実際には精密で精巧に作られているのが、素人のわたしにもわかった。

それにしても、動かない一枚の絵、一個の動物や人間の置物が、ただ動くだけなのに、こんなに楽しいものだとは思わなかった。それは、場所のせいなのかもしれなかった。

そこは、まったく「美術館」などではなく、子どもの頃に行った「お化け屋敷」や、ちっぽけな「遊園地」や、「見世物小屋」にずっと近かった。いや、「縁日」に出てくるちゃちなお店や、老人がひとりで自転車に載せてやって来る「紙芝居」にも近かった。

あの頃、わたしたちが見た「紙芝居」では、絵は動きさえしなかった。一枚めくると、次の場面に移るからだ。けれども、幼いわたしには、その「絵」は「動く」ように見えた。子どもの目には、止まったものも動くように見えたし、生きているように見えた。精密な絵も、CGも必要ではなかった。そんなものなどなくても、子どもたちは、いつだって、豊かに「動く」世界を「見る」ことができたのだ。

この部屋の、小さな展示は、どれも、一見安っぽいものであるように見せて（実際はきわめてていねいに作られているのに）、わたしたち観覧者の、眠っていた、子どもの頃の記憶や想像力を蘇らせようとしているように思えた。

わたしは、何度も、「動く」トトロや「動く」ネコバスを見た。何度見ても、飽きないのが不思議だった。そして、いつまでも見ていたいと思った。「アニメ」は、そんな、子どもたちの「夢」のような世界と繋がったところから生まれたのだ。

それから、「アニメーション」が実際にできあがる工程を展示する部屋が続いた。「映画《アニメーション》の生まれる場所《ところ》（有）ピッコロスタジオ」と名づけられた、その部屋は、「アニメーション」の制作会社だった。いや、そこにあった「(有)ピッコロスタジオ」は、人が入ればいまにもアニメの制作が始まりそうに見えた。それ自体が、一つの「アニメ」の世界の中にあるスタジオのように見えたのだ。

壁一面を埋め尽くした夥しい絵、絵、絵。机の周りに溢れだすような資料の山、山、山。工具、ダルマの置物、古い飛行機の模型、飲みかけのコーヒーカップ、反古紙《ほごがみ》で一杯のごみ箱。そこにあるのは、もしかしたら、宮﨑さんの「頭の中」の一部なのだろうか。机の上には描きかけの絵が置かれ、ついさっきまで、描き手がそこに座っていて、戻って来るのを待っているように見えた。そして、柱に無頓着に貼られた一枚の紙。

「空想と予感。そしてたくさんのスケッチ。イメージの断片。その中から映画の核となるべきものが見えて来ます」

天井にまで描かれた絵！　そして、額装された油絵が二枚あった。ちょっとシャガールを思わせるタッチ。後でうかがうと、宮崎さんが若い頃に描かれた絵だそうだ。そうか、宮崎さんの絵は、あそこからやって来たのか。

それから、『風の谷のナウシカ』のたくさんのイメージボード。その後、壁一面に恐ろしいほど精密な背景画を貼った部屋に入った。まるで写真のようだ。たとえば、湯婆婆の部屋の背景画。これが絵だと思う人間がどれほどいるだろう。ここでも、机の上に何枚もの絵が置かれていた。精密で精妙でいつまでも見ていたい絵が。

その次は「もの語る所」。絵コンテが描かれる部屋だった。細かい、細かい、細かい指定。そして、一枚ずつ絵が描かれ、トレースされてゆく。

最後は、それが重ねられ、動かされ、フィルムに撮影され、一つの作品として完成されるのである。

最後の録音スタジオのところに、こんなことばが書きつけられた紙が貼ってあった。

「アニメーションスタジオは、まだ見たことのない島をもとめて航海する船のようなものです。乗組員がそれぞれ力を尽して自分の仕事をしないと、船は波に砕けます。水や食糧もしっかり積み込まねばなりません。また、船長が針路をあやまると、どこへも着かなくなります。この船は、いつもいつも船出をくり返さなければなりません。つないだままの船は、すぐくさりはじめ、ネズミだらけになってしまうのです」

「アニメ」の部屋を出ると、階下から子どもたちのざわめく声が聞こえてきた。とても楽しそうだった。走り出す子もいて、引率者らしい人が、「走らないで！」と諭していた。でも、走りたくなるのだと思った。こんな場所に来ると。

いちばん上の階には、子どもたちが中に入れるほど大きな、ネコバスが置いてあった。眺めていると、下から駆け上がって来た子どもたちが、目を輝かせて、近づいてゆくのが見えた。遊んでおいで、子どもたち。

外へ出ると、「屋上庭園」に続く道があった。そして、最後に、わたしは、「そこ」にたどり着いた。目の前に、『天空の城ラピュタ』に出てくるラピュタ城でもっとも強い印象を与えるロボット兵が立っていた。

映画の中で「彼」は、いつまでも、廃墟となった城を守り続けていた。その金属の手に花を提げて。「彼」を包む叢《くさむら》の向こうに、井の頭公園の木々が見えた。屋上庭園と一体化して、まるで一つの大きな森の中にいるような気がした。

表面の青銅は、少し青く錆びて、足下には、部品の一部が壊れて落ちていた。もちろん、自然にそうなったのではなく、注意深く、そのように作られていたのである。

屋上庭園に佇む約5メートルのロボット兵。周囲の緑は井の頭公園の木々の中に溶け込んでいるようだ。

見上げると、「彼」と視線が合うような気がした。観覧者たちとまなざしを交わすことができるように、「彼」はうつむいて作られていた。

三鷹の森ジブリ美術館の屋上庭園、この建物のもっとも静かな場所にいて、わたしはしばらく佇んだままでいた。

美術館の建物の中は、母親の胎内のようだった。なにかに守られて、薄暗く、けれども、少し暖かくて、そこにいれば、ずっと夢を見ていられるような場所だった。

けれども、屋上庭園は少しちがっていた。幼い頃は終わり、過去は過ぎ去っていた。ただ、懐かしいものたちが置いていったなにかが残されていた。「善きもの」は、もう戻って来ないのかもしれない。けれども、かつてそれがあったことは事実なのだ。いや、そうではなく、「彼」は、たけだけしいなにか、たとえば「戦火」を象徴していて、それが終わったこと、その確かな証拠として、いまそこにあるのだ、と呟いているのかもしれなかった。

美術館の入口から屋上庭園まで、いや、駅の改札を出て、建物に近づいてゆくときからずっと、わたしは、宮崎駿がつくり上げた、一本の「アニメ」の世界の中を歩いていたのである。

渋谷　天空の都市と地下を流れる川

二〇二二年一〇月一一日

渋谷スクランブルスクエアの屋上、地上229メートルの渋谷スカイからの大迫力の眺望を楽しむ。

渋谷駅前

「渋谷スクランブルスクエア」の屋上デッキ（渋谷スカイ）に上ってみることにした。なんでも、ものすごい風景が見える、と聞いたからだ。

その前に、少し渋谷の変化について書いておきたい。いま、渋谷は「百年に一度」の再開発中だ。高層ビルもどんどん建っている。なんだか、渋谷に来るたびに、新しいビルができている気がする。駅もずっと改造中で、迷宮のようだった。ぜんぶが完成するのは二〇二七年だそうだ。

わたしが、最初に渋谷に来るようになったのは、中学一年のときだ。入った中学が港区にあったので、家があった小田急線の千歳船橋駅から渋谷に出て、そこからバスに乗り、元麻布にある、その私立の中学校まで通った。

渋谷駅を出ると、いちばん目立つのが駅前の東急文化会館だった。残念ながら、もう解体されてしまったが。その建物をおおい尽くすように（と当時は思った）、映画『007』シリーズの第一作で、ここから大ヒットとなった『007は殺しの番号』（現在のタイトルは『007／ドクター・ノオ』）の巨大な看板が見えた。主人公のジェームズ・ボンド（というか、ショーン・コネリー）より、ボンドガール第一号のウルスラ（たぶん、当時は「アーシュラ」と表記していたと思う）・アンドレスの、エロチックな肉体に、中学一年のわたしはドギマギしていた。映画を観に行ったかどうかは覚えていない。その代わり、八階にあった「五島《ごとう》プラネタリウム」には何度も行った。通っていた中学でも、天文部に入っていたのである。「プラネタリウム」に入り、シートに深く腰かけると、徐々に周りが暗くなってゆき、最後に闇におおわれる。そして、気がつくと、頭上に満天の星が広がっていた。ほんとうの星空より、そちらの方が美しかった。

先にも述べたが、わたしが初めて上京したのは小学一年生のときだった。そして、大泉学園にある小学校に通った。使った電車は西武池袋線。だから、わたしが最初に知った都会のターミナル駅は池袋だった。もっとも、小学一年生なので、ただ通過しただけだったが。この沿線で何回か引っ越した後、千歳船橋に住んだ。利用したのは小田急線だ。新宿駅が終点だった。こちらも新宿の記憶はほとんどない。中学生になってからは、下北沢で井の頭線に乗り換えて、渋谷で降りるようになった。その前にも井の頭線に乗って、塾に通っていたような気もする。渋谷駅頭の賑やかな記憶は、いまも残っている。もっとも中学生だから、行くことのできる場所は限られていた。スクランブル交差点も「ＳＨＩＢＵＹＡ１０９」もなかった。いまでも残っているのはハチ公の像だけだ。

「武蔵野」と渋谷

『蒲団《ふとん》』で有名な、日本近代文学創始者のひとり、田山花袋《たやまかたい》の『東京の三十年』(岩波文庫)という自伝的エッセイの中に「丘の上の家」という章がある。明治二九年のある日、渋谷を訪れた花袋は、近くに国木田独歩が住んでいると聞いて訪ねることにした。ちなみに、それまで面識はなかった。

「渋谷の通を野に出ると、駒場《こまば》に通ずる大きな路《みち》が楢林《ならばやし》について曲っていて、向うに野川《のがわ》のうねうねと田圃《たんぼ》の中を流れているのが見え、その此方《こちら》の下流には、水車がかかって頻《しき》りに動いているのが見えた。地平線は鮮やかに晴れて、武蔵野《むさしの》に特有な林を持った低い丘がそれからそれへと続いて眺められた。私たちは水車の傍《そば》の土橋《どばし》を渡って、茶畑や大根畑に添って歩いた」

歩きながら、花袋は、国木田という人の家がないか、と訊ねた。すると、ある人が「牛乳屋の向うの丘の上にある小さな家だ」と教えてくれた。

「路はだらだらと細くその丘の上へと登って行っていた。斜草地、目もさめるような紅葉、畠の黒い土にくっきりと鮮かな菊の一叢《ひとむら》二叢、青々とした菜畠《なばたけ》――ふと丘の上の家の前に、若い上品な色の白い痩削《やせぎす》な青年がじっと此方《こちら》を見て立っているのを私たちは認めた。
『国木田君は此方ですか。』
『僕が国木田。』」

田山花袋と国木田独歩、近代文学の巨人たちの最初の出会いである。そして、「好い処だ」という花袋に、独歩はこう答える。

「武蔵野って言う気がするでしょう。月の明るい夜など何とも言われませんよ。」

花袋が訪れた「丘の上の家」は豊多摩郡渋谷村上渋谷一五四番地、現在の渋谷区宇田川町、NHK放送センターの前、道路をはさんだ歩道の脇に、小さく「国木田独歩住居跡」の標示が見つかるはずだ。この「丘の上の家」に住み、彼は近隣を歩き回った。そのときの日記をもとに書き上げたのが、日本近代文学の誕生を告げる傑作『武蔵野』(岩波文庫)だった。

「若《も》し萱原の方へ下《お》りてゆくと、今まで見えた広い景色が悉《ことごと》く隠れてしまって、小さな谷の底に出るだろう。思いがけなく細長い池が萱原と林との間に隠れて居たのを発見する。水は清く澄《すん》で、大空を横ぎる白雲の断片を鮮かに映している。水の潯《ほとり》には枯蘆《かれあし》が少しばかり生えている。この池の潯の径《みち》を暫《しばら》くゆくと又た二つに分れる。右にゆけば林、左にゆけば坂。君は必ず坂をのぼるだろう。兎角《とかく》武蔵野を散歩するのは高い処高い処と撰びたくなるのはなんとかして広い眺望《ちょうぼう》を求むるからで、それでその望は容易に達せられない」

独歩が歩いた「武蔵野」は渋谷のことだった。そして、渋谷はその頃、深い林だったのである。

グーグルアースのような風景

いまわたしは、グーグルアースを見ながら、この原稿を書いている。グーグルアースで「渋谷スクランブルスクエア」を検索すると、「伝統的な日本の工芸品や食品、フランス菓子を販売する店があるシックなモール。高さ230mの展望施設がある」という説明と共に、「スクランブルスクエア」の立体的な写真が現れる。視点はその遥か数百メートル上で、ゆっくり旋回しながら、周りの風景を次々に映してゆく。その下には首都高速三号渋谷線。屋上ぎりぎりまで急降下し、それからまた、展望台の遥か上まで、視点を上げてゆく。そうしなければ、実際に見た風景にならない。それにしても、あの日、「スクランブルスクエア」の屋上展望台から眺めた風景とほとんど同じものが、グーグル

360度の眺望を楽しみながら渋谷スカイのデッキを歩く作家。天井のない空間は開放感に満ちている。

アースでも見られるとは！

　強い風が吹いていた。吹きさらしの屋上では、いちばん外側のガラスの囲いのところまで行くことは、そこに囲いがあることはわかっていても、こわかった。当然のことだが、周りには、ここより高い建物は見つからず、遥か遠くまで見ることができた。

　最初に気がつくのは、東京には、意外に緑がたくさんあることだった。これは、この高さまで上らなければわからない。

　真北に向かって立ってみる。すると、左手に緑の森のように見える場所がある。東大駒場だ。そこから隣り合って、やはり緑の一帯がある。地図を見ると松濤《しょうとう》だ。大きな公園もないのに緑が多い。そのまま視線を真北に向ける。代々木公園と明治神宮の大きな森が広がっている。その向こうには新宿御苑。右を向くと、やはり大きな森にしか見えない緑におおわれた場所がある。赤坂御所だろう。さらにその先には、グーグルアースなら、皇居の緑が見えるけれど、実際にはビルに邪魔されて、そこまでは見えない。

　旧帝大から明治神宮、そして御所と皇居。東京の緑は聖なる緑だ。そのことが、渋谷の頂きにいるとわかるのである。わたしは最後に、こわごわと足下を見た。確か、渋谷は坂の町だったはずなのだ。だが、上からでは、渋谷の起伏はわからなかった。

聖なる街

新しい建物と新しい道路でおおわれた場所を、古い地図と歴史の知識を手にして歩いてみせた中沢新一は、その探索の記録『アースダイバー』（講談社）の中で、渋谷についてこう書いている。

「渋谷の駅前の大交差点は、かつては水の底にあり、そのまわりを宮益坂《みやますざか》側からと道玄坂《どうげんざか》側からと、ふたつの方角からのなだらかな斜面が、取り囲んでいた。その斜面に、古代人たちは横穴を掘って、墳墓《ふんぼ》をつくっていた。とくに陽あたりのよい宮益坂側の斜面が好まれた様子で、死者たちはそこに掘り抜かれた墳墓から、豊かな水たまりを見下ろしていた。渋谷駅とその前の大交差点のあたりは、こうして長いこと、死霊に見守られ続けていたのである。

しだいに水は引いて、底まで干上がるようになると、今日私たちの知っている渋谷の地形があらわれた。ふたつの方角から大きな坂が、すり鉢の底にむかって下りてくる、あの独特の地形である。すると、そこにはごく自然に、花街がつくられた。花街はふつうの場所には、めったにつくられない。それを引き寄せる特別な要因が地形にそなわっているのでないと、性を商品にして売ることもできるような場所は自然に出来上がったりしないものなのだが、渋谷の坂にはごく自然に、それがつくられたのである。

古代の売春は、死霊や神々の支配する、神社やお寺や聖地の近くでおこなわれた。生きている人間たちのつくる共同体では、きびしいモラルの掟《おきて》が支配していたけれども、死霊や神々の支配下にあっては、世俗のモラルは効力を失ってしまうので、そこでは共同体では警戒されている自由な性のまじわりが、許されていたわけである」

古代の売春が聖なる場所の近くで行われていたことは有名だ。娼婦は最初の職業ともいわれていたし、「神聖娼婦」や「神殿売春」といったことばも残っている。神の傍で、この職業は生まれたのである。このことは、有名な人類学者フレイザーの『金枝篇《きんしへん》』にも書かれている。もちろん、現実には、そのような神聖なものではなかったのだろうが。

昼間、たとえば、スクランブル交差点を中心に人々が集まる。新しく変わってゆく渋谷は、もちろん、「昼の渋谷」だ。だが、同時に、「夜の渋谷」の姿もある。それは、「スクランブルスクエア」からも、グーグルアースでも、見ることはできない。

四〇年以上も前、わたしは、「夜の渋谷」をうろついていたことがある。そのことについては、詳しく書くことはできない。忘れられないこともたくさんあるが、書く気持ちにはなれない。だが、夜になると姿を現す、昼間には存在しない、もう一つの渋谷があったことはよく覚えている。

大通りから入った、古くて汚いビルディングの、あちこちの小さな部屋に、たくさん「神聖娼婦」たちが待機して、ぼんやりと声がかかるのを待っていた。声がかかると、彼女たちは、円山町《まるやまちょう》あたりに山ほどあるラヴホテルに「出勤」するのである。年齢がひどく上の女も、大丈夫なのかと思えるほど年下の女もいた。暇な時間、マンガを読んでいる女もいた。ひとりでトランプ占いをしている女もいた。何人かで待機しているときには、女たちは、決して、目を合わせたりはしなかった。

聖なる女たちを呼び出す魔法の番号は、夕刊紙の広告か、電話ボックスの内側に貼られた名刺大のチラシに印刷されていた。風俗専門の分厚い雑誌さえあった。この神聖なテリトリーは、昼間は閑散とし、夜になると人口は一〇倍にも増えるのだった。

久しぶりに、昼間、道玄坂上交番から東急本店に向かう細い道を歩いた。若者ばかりがいた。いまはライヴハウスや映画館がある。ラヴホテルの前には、中が見えないように窓ガラスに黒いカーフィルムを貼った車が何台も止まっていた。駐車場に入っていないから、まちがいなく、「営業」中の女たちを待っている車だ。そんなラヴホテル街のまん中に、千代田稲荷神社がある。ラヴホテルで周り三方を完全に囲まれた神社など、ここにしかないだろう。知らなければたどり着けないほど、目立たない神社だ。四〇年前から壊れそうだった鳥居の前で、わたしは立ち止まり、目礼をした。鳥居から祭壇までわずか数メートルしかなかった。

わたしの実家の墓は大阪市中央区中寺にある。そのあたりは寺ばかりだ。そして、すぐ近くにやはりラヴホテル街がある。そのラヴホテルの多くのオーナーが寺の住職だという話を、とっくに亡くなってしまった叔母から聞いたことがある。そんな話を、わたしはなんとなく思い出していた。

ラブ&ポップ&ピアス

「興味深いことには、道玄坂の裏側の谷には、別のかたちをした死の領域への出入り口が、つくられてあった。うねうねと道玄坂を登っていくと、頂上近くに「荒木山」

という小高い丘があらわれた。いまの円山町《まるやまちょう》あたりである。この荒木山の背後は急な坂道になっていて、深い谷の底に続いていく。そこに「神泉《しんせん》」という泉がわいていた。

この谷の全域がかつては火葬場で、人を葬ることを仕事とする人々が、多数住みついていた」（中沢新一・前掲書）

もしかしたら、人々が必死に渋谷を作り直そうとしているのは、この土地にずっと住みついている、なにか禍々《まがまが》しいものを、見えないようにしたいからなのかもしれない。

日本の文学が、渋谷から始まったことは、もう書いた。それからも、作家たちは、切羽詰まると渋谷を訪れ、その土地に触れた。ときには、人々が目をそむけるようなものを書いた。

村上龍が小説『ラブ&ポップ』を書いたのは一九九六年。それは、ほとんどが——ひとりの女子高生が他の三人の友だちと一緒に、渋谷に水着を買いに行く一日の物語。そして、偶然、美しい宝石を見つけた彼女は、それを手に入れるために、「援助交際」をしようとする。そして……。その後、どうなったかは小説を読むか、映画を観てもらいたい。

九八年に『エヴァンゲリオン』の庵野秀明が監督した映画版のラストは、映画史に残る名シーンとなった。「死に近い旅」を終えた四人の女子高生たちは、水がほとんど流れていない渋谷川を歩き始める。「あの素晴しい愛をもう一度」が流れる中、カメラは、そんな彼女たちを延々と追い続ける。川底を歩き続ける彼女たちの上方を、新しい渋谷の建物が次々と通りすぎてゆく。この間、五分三〇秒。都会の生と性と死を描いて、いまでも、あれほど美しいシーンは見たことがない。それは、渋谷でなければ不可能だったろう。

それから五年後の二〇〇三年、金原ひとみが小説『蛇にピアス』でデビューした。蛇のように舌が割れた男に魅せられ、人体改造に憧れ、自分の舌にピアスを入れ、タトゥーを入れる若い女の物語だ。作品の中で、彼女がさまよう繁華街の名前は明かされないが、その五年後映画化されたときには、渋谷がその舞台となっていた。映画を観れば、他の場所ではありえないと思うだろう。

無音の冒頭、カメラは渋谷の風景をゆっくり映し出す。すぐに、そこが、夕方の渋谷駅前、スクランブル交差点だということがわかる。「109」も、「TSUTAYA」も、みんなある。そして、主人公のルイはゆっくりセンター街へ入ってゆく。やがて、激しい時間を過ごして、最後にもう一度、ルイは冒頭の場所に立ち戻る。そして――おそらく明け方のスクランブル交差点に立ち、ゆっくり歩き始め、交差点の中で立ち止まるのである。

久しぶりに、映画『蛇にピアス』を観て、わたしはひどく懐かしかった。あの映画を最初に観たときには当たり前だった渋谷の風景のいくつかは、もうないのだ。もしかしたら、わたしたちは、いつか、「あの頃の渋谷」を見つけるために、映画版の『ラブ&ポップ』や『蛇にピアス』を観ようとすることになるのかもしれない。


「渋谷スクランブルスクエア」から首都高三号線を挟んで、というか六本木通りを挟んで、向かいに「渋谷ストリーム」がある。これも、まるで、空の雲のような不思議な壁面を持つ新しいビルだ。ここからは、渋谷川沿いに「渋谷リバーストリート」という名前の新しい風景が始まっている。そして、嬉しいことに、渋谷川の風景そのものは、『ラブ&ポップ』と少しも変わっていない。小さく、細く、決して美しくはないけれど、都市の生命を繋ぐ血管のように、渋谷川は流れていた。わたしは、起点の稲荷橋から、しばらく歩いてみた。広尾、麻布から芝公園の南を通り、東京湾に注ぐのだそうだ。もともとの起点は新宿御苑である。

わたしは、「リバーストリート」の終わるところまで歩いた。すると、すぐ近くに、巨大な煙突が聳える「渋谷清掃工場」があった。都市のこんなまん中に、これほど大きな清掃工場があることを、わたしは知らなかった。だが、中沢新一がいうように、このあたりが、かつて火葬場であったとするなら、それもまた渋谷にふさわしいモニュメントであるような気がした。

「そういう地下世界に広がる大伽藍の入り口のひとつが、渋谷の街の中にある。渋谷は渋谷川の渓谷沿いにつくられた街だから、もともとは街の真ん中を川が流れていたのである。この川は、新宿御苑《しんじゅくぎょえん》の中にある玉藻池《たまもいけ》を水源にしている。いまでは御苑を出るとすぐに暗渠《あんきょ》に入ってしまうから、いったいそんな川がどこを流れているのか、みんなは意識しなくなってしまっているが、原宿も神宮前も渋谷も、いまのおしゃれな街のほとんどは、暗渠の中を流れるこの川の上にできていることになる。そして宮益坂のあたりから渋谷の中心街に流れ込んだ川は、若い欲望の排泄したおびただしい量の有機物を飲み込んで、真っ暗な地下水路をゆうゆうと流れたあと、稲荷橋のあたりで、ようやく地上にその姿をあらわすのである。暗黒の地下世界への入口が、ここである」（中沢新一・前掲書）

ひとつ思い出したことがある。『ラブ&ポップ』が完成した直後、わたしは、庵野監督と、映画のメイキングを作っていたAV監督のカンパニー松尾、バクシーシ山下と共に座談会を開いたことがある。どんな話をしたのかも、どこで話をしたのかももうすっかり忘れてしまった。どこかで大いに飲んだことだけは記憶にある。そのとき、確かカンパニー松尾監督が、庵野さん

かつて暗渠として渋谷の街の中心を貫いていた渋谷川。渋谷が渋谷である由縁は渋谷川にある。

にAV出演を頼み、いったんは引き受けた庵野さんが、結局断った、ということがあったような気もする。だが、いまとなっては、すべては夢のようだ。そして、いつしか、あのラストシーンの話になったと思う。

そうだ。わたしは、一度、渋谷川に下りたことがある。稲荷橋の下、暗渠から川が姿を見せる場所だ。四人の女子高生たちが胸を張って歩き始めるところだった。

わたしは、どうしてもその場所に立ってみたかった。そこからどんな風景が見えるのか確かめてみたかったのだ。

庵野監督たちに連れていってもらったのか、そのときは、みんなが酔っていて、結局後日になったのか、あるいは、わたしがひとりで行く羽目になったのか。その記憶も曖昧だ。ただ覚えているのは、暗渠の中の暗さと静けさ、そして鼻をつく臭気だった。けれども、それは、そんなに不快な臭いではなかった。女子高生たちとは逆に、あの奥の方へ行ってみたい、と思った。あの中には、なにかがある。そんな気がしたのだ。

「青豆は砧《きぬた》の近くでタクシーを拾い、用賀から首都高速道路三号線に乗った。最初のうち車の流れはスムーズだった。しかし三軒茶屋の手前から急に渋滞が始まり、やがてほとんどぴくりとも動かなくなった。下り線は順調に流れている。上り線だけが悲劇的に渋滞している。午後の三時過ぎは通常であれば、三号線の上りが渋滞する時間帯ではない。だからこそ青豆は運転手に、首都高速に乗ってくれと指示したのだ」

（村上春樹『1Q84 BOOK1』新潮社）

この長大な小説の冒頭、登場人物の「青豆」は「渋谷で人と待ち合わせ」しているので、高速道路に乗ったのに、渋谷の直前で止まってしまう。そして、タクシーの運転手のアドヴァイスに従い、車を出て、高速道路の緊急避難場所の階段から地上に降りることにする。そして、出かけようとする青豆に、運転手は、こういうのだ。

「『つまりですね、言うなればこれから普通では、ないことをなさるわけです。そうですよね？　真っ昼間に首都高速道路の非常用階段を降りるなんて、普通の人はまずやりません。とくに女性はそんなことしません』

『そうでしょうね』と青豆は言った。
『で、そういうことをしますと、そのあとの日常の風景が、なんていうか、いつもとはちっとばかし違って見えてくるかもしれない。私にもそういう経験はあります。でも見かけにだまされないように。現実というのは常にひとつきりです』」

そして、首都高速道路を降りた青豆は、「1984年」ではなく、空に月が二つある、もう一つの世界、「1Q84年」の世界の渋谷にたどり着くのである。

当然ではないか。ここは、どんなことでも起こり得る場所なのだから。

そこは約束された場所だった。たくさんの作家たちが、理由もわからないまま、そこについて書きたいと思う場所だった。

表面が、昼見える場所が、次々と変わってゆく建物が、どんなふうに見えても、その奥には、建物の遥か下には、巨大な暗い空間があって、あらゆるものを混ぜ合わせて流れ続ける地下の川があるのだ。

都会の喧騒の中にいても、耳を澄ませば、あなたにも、その川の流れる音が聞こえるはずである。

皇居　長いあとがき

二〇二一年一一月三〇日

皇居の一般参観コースを歩く。奥の建物は家光の頃、京都から移築されたと伝えられる伏見櫓。

TOKIOの中心、KOKIOの森

このTOKIOを巡る小さな旅の最後をどこにしようかと考えた。いちばんTOKIOらしい場所、TOKIOの秘密が隠れている場所にしようと思った。すぐに、答は出た。そこしかないに決まっている。もちろん、KOKIO、いや皇居だ。

フランスの偉大な批評家、ロラン・バルトは『表徴の帝国』の中で、こう書いている。

「わたしの語ろうとしている都市(東京)は、次のような貴重な逆説、《いかにもこの都市は中心をもっている。だが、その中心は空虚である》という逆説を示してくれる。禁域であって、しかも同時にどうでもいい場所、緑に蔽われ、お濠によって防禦されていて、文字通り誰からも見られることのない皇帝の住む御所、そのまわりをこの都市の全体がめぐっている」(宗 左近訳 ちくま学芸文庫)

バルトにとって、TOKIOは、いや東京は、不思議な街だった。そこは、この国の首都であり、中心であるのに、その中心部分に接近すると、何もなくなってしまうのである。

そのことをバルトは指摘したのである。

確かに、そこには、「皇帝」のような存在の主を持つ一族がいるし、彼らが住んでいる「宮殿」もある。だが、それは、世界中の「皇帝」たちが住んでいる「宮殿」、あたりを圧する、巨大な、その都市、その国のシンボルとなるような建築物ではない。この場所で重要なのは、建物ではなく、それを取り巻く、「森」、それも神秘的なほど深い、すべてを蔽いつくすような森なのである。


皇居の中に入ったことがある。もちろん、この、TOKIOを巡る旅をはじめる前のことだ。わたしが行ったのは、一般参賀だった。手帖によれば、それは、二〇一六年一二月二三日のことである。この「一般参賀」について、ウィキペディアは「1948年から開催されている皇室行事」で「一般人が皇居に参入し、皇室に向けて祝賀の意を表する事が出来る唯一の機会である」と説明している。「毎年、1月2日と天皇誕生日に行われているほか天皇の即位後にも行われている」そうだ。

だから、わたしが「参賀」したのは、現上皇の誕生日ということになる。まさか、長い生涯のうちで、自分がそんなことをするようになるとは思いもしなかった。なんとなく、自分は「進歩派」に属していて、靖國神社や天皇や皇居といった、保守的な存在とは無関係だと思っていたからだ。お正月になると、大勢の人たちが押し寄せて、どこかの宮殿のバルコニーに出て来た「その人」に向かって、日の丸の小旗を振るのを、なんだか滑稽だなと思いながら、テレビで見ていたぐらいだ。

ところが、諸般の事情で、まず靖國神社に行くことになってしまった。それどころか、参殿して、行きがかり上、榊《さかき》を奉納までしてしまったのである。いちばんびっくりしたのは、本人のわたしだった。別にたいしたことはなかった。確かに、軍服を着た人間がうろついているのには、少しだけ驚いたが、それでも、ただの神社だった。グッズだって売っていた。好きな人は行けばいい、嫌いな人は行かなければいい。それだけだ。だから、「一般参賀」ぐらいしたって、どうってことはない。その意味は、後で考えればいいのである。

それは、皇居前の広場に、長い列を作るところから始まった。いろんなグループがいた。老人たちの集団もいれば、アイドルグループの追っかけのような、派手な格好をした若い女の子たちもいた。観光客らしい外国人がウキウキとした表情でおしゃべりしながら並んでいたし、台湾から来たらしい全員日の丸の小旗を持った集団が一糸乱れぬ様子で整然と並んでいた。統一性はまるでなかった。

出発の時間になると、係の警察官たちがてきぱき誘導しはじめた。きわめて熟練した動きだった。なんだか、ディズニーランドみたいだった。

やがて、我々は、広場に入っていった。目の前には、宮殿らしい長い、大きな建物があった。しばらくすると、そのベランダに「その人」と「その人」の家族たちが現れた。彼らは、みんな手を振っていた。広場に立っている数万の群衆は、もちろん、わたしも含めて、慌てて手を振った。日の丸の小旗を振っている人たちもいた。昔、テレビで見たのと同じ光景だった。今回は、自分もその中の一員だった。周りを見まわすと、手や小旗を振るより、スマートフォンで「その人」たちを撮影している人たちの方が多いように思えた。このような場所での振る舞いとしてどうなのか、と思った。しばらくすると、「その人」は、小さな紙を取り出して、「お言葉」を読み始めた。どんな内容だったのかは、覚えていない。「その人」たちは、この日、我々が帰った後も、続いてやって来る人たちのために、何度も、バルコニーに出たそうだ。

なんともいえない気分がした。「その人」たちが、とても頑張っているように見えたのだ。「国民」とかいう人たちに、一生懸命サーヴィスしているような感じがした。

半世紀以上前、中野重治という人が、「僕は天皇個人に同情を持っているのだ。原因はいろいろにある。しかし、気の毒という感じが常に先立っている」と小説『五勺の酒』で書いていたのを思い出した。戦争が終わった直後のことだ。中野重治は、共産党員で作家としても有名だった。だから、戦争中はたいへんだった。当然のことだが、戦争中には左翼思想の持ち主としてひどい目にあっていたのだ。だから、天皇に恨みを抱いていても不思議はなかった。けれども、どんな場所に行っても、ずっと挨拶をし続け、声をかけ続ける天皇を見て、いつの間にか、「この人は底抜けに善良なのだ」と思うようになったのである。

その天皇ヒロヒトは亡くなり、その子どもが天皇になった。わたしが手を振るのを見たのは、その人である。

そして、やはり、中野重治と同じ感想を抱いたのだ。なぜなのかは、わからない。

それからしばらく、その、新しい天皇や、それから次の天皇や彼の家族のことを考えたりしていた。けれども、一般参賀の日以外には、皇居には入れないのだと思いこんでいた。ところが、そうではなかったのである。なんということだろう。

試しに、知り合いに訊いてみたが、みんなそう思いこんでいた。実は、「皇居にはいつでも誰でも入れる」というのだ。しかも、一般参賀のときは、「その人」が顔を見せに出ていらっしゃる宮殿の前の広場だけだというのに、もっとあちこち、自由に皇居の中を歩けるというのである。ほんとうにびっくりした。みなさんは、知ってましたか？

実際に行ったことがあるというのに、その周りなら、何十回となく歩いたこともあったというのに、そんなことも知らなかったのだ。

では、とわたしは思った。行ってみるしかない。TOKIOを巡る旅の最後に、これほどふさわしい場所はあるまい。もう一度行くのだ。わたしはそう思った。そして、出かけた。TOKIOの中心、ニッポンの中心であるその場所へ。つまり、KOKIOへ、である。

KOKIOを歩く

皇居の地図を開いてみる。周りをお堀で囲まれた皇居は、大きく二つに分かれていて、その二つの部分は細い橋で連結されている。大きい左側が「吹上御苑」で、こちらは「その人」たちが住んでいる場所だ。だから、庶民である我々は立ち入ることができない。

小さな右側が「皇居東御苑」で、こちらは、休園日以外は午前九時から散策することができる。誰でも、である。

いうまでもないことだが、皇居は、元々、江戸城として徳川歴代将軍が住んだ場所だった。維新の後、天皇家は千年以上にわたって住み続けた京都を離れた。そして、明治天皇がやって来て、その場所を、天皇家の新しい住まいとした。ニッポンの中心は京都から東京に、いやTOKIOになり、そのTOKIOの中心に、KOKIOが、つまり皇居が生まれたのだ。

皇居の特徴は二つある。一つは、江戸（城）の面影だ。そして、もう一つは、広大な森である。皇居は、東京最大の、そして、古い武蔵野の植物が繁茂する森なのである。

まず、わたしは、「一般参観コース」という名前のツアーで皇居の中へ出かけた。東御苑側にある桔梗門から入り、窓明館《そうめいかん》で説明を聞く。外国人のためには英語・フランス語・中国語のガイドも用意されている。英仏中なのか。江戸幕府がフランスと昵懇《じっこん》だったことも関係しているのかもしれない。宮内庁職員のガイドを先導に我々は、皇居の中を歩きはじめた。富士見櫓、宮内庁庁舎、宮殿、その前の宮殿東庭。そう、以前、わたしが一般参賀のために出かけた場所だ。あのときには満員だったのに、その日は、ほとんど人影もなく、さびしかった。それから、有名な二重橋も見た。正式な名称は「正門鉄橋」である。

皇居の正門鉄橋（二重橋）から花崗岩で造られた正門石橋、通称「眼鏡橋」を見る。その先には丸の内ビル群が。

そして、皇居の中から、丸の内のビル群が見えた。なんだか不思議な気がした。いつも、外から眺めるばかりだったのに。都市が不思議そうな顔つきで、「こちら」を眺めているように思えた。確かに、「こちら」には、眺めるべき何かがあるのだった。

　宮殿の横を通り抜け

るとき、そこからは立ち入り禁止の広大な森の一部も見えた。「見えた」というのは正確ではない。森が、通路近くまではみ出して来ていたのだ。我々は、「吹上御苑」の端を、かすめるように歩いていた。

昭和天皇ヒロヒトがすぐれた植物学者であったことは有名だ。ヒロヒトは、時間があれば、顕微鏡を覗き、植物採集に出かけ、学者の講義を聴いた。もしかしたら、彼は、「天皇」という地位にあるよりも、植物と共に生きる方が好きだったのかもしれない。

生涯多くの論文を書き、いくつもの著作を発表したヒロヒトの、最後の刊行物が『皇居の植物』(生物学御研究所編・保育社)である。

『那須の植物』(昭和三七年)、『那須の植物誌』(昭和四七年)、『同続編』(昭和六〇年)、『伊豆須崎の植物』(昭和五五年)と続いた植物に関する著作の掉尾《ちょうび》を飾るのが、この五五〇頁近い大著だ。

編集後記に「本書の発行に当たり、この出版を楽しみにしておられた昭和天皇が、編集半ばで病の床に就かれ、完成の前に崩御されたことは、誠に痛恨の極みである。ここに謹んで亡き陛下の御霊前に、ご著書『皇居の植物』をささげます」と書かれた、この本を読むと、そこに、つまり皇居に存在している植物相の豊かさに、眩暈《めまい》がしそうになる。そこには、おそろしいほどたくさんの種類の植物が生育している。だが、もっと驚くべきなのは、この巨大な森の隅々まで踏査し、根こそぎその有様を調べた、その情熱であるように思えた。文字どおり、かつて江戸城と呼ばれ、現在は「天皇家」の居住地として、完璧に閉ざされた空間となった、この武蔵野の森の中で、探索者の視線を逃れた場所は一坪もなかったのだ。たとえば、以下のような記述である。

「オノエヤナギ　図90　那誌142　那続　115

Salix sachalinensis Fr.SCHMIDT

産地：下道灌濠東側下部。

花　：4月4日・13日（以上、昭和62年、花盛り）・16日（同61年）に花があった。

備考：昭和32年4月3日とほぼ同位置と思われる所に、雄株が1株生育しているが、皇居では、まれである。生育地の詳細については、タチヤナギの備考欄を参照されたい。下道灌濠東側下部で昭和31年5月23日、中間葉の幅が著しく広い1株が見つかり、『東北大学理科報告』第4輯第27巻141ページ（1961）で forma *latior* KIMURA として発表された。この株は枯れてしまったのか今は見られない。しかし挿し木にしたものが東北大学付属植物園にある」

こんな記述で埋めつくされた膨大な本の頁をめくりながら、わたしは、青年時代のヒロヒトが、「この草は雑草ですね」と訊かれたとき、「雑草という名前の植物はありません」と答えたエピソードを思い出した。この聖域の中にある植物たちは、外にある植物たちとはちがう。いや、ほんとうは同じ植物たちであるのに、ここでは、特別に遇されているのだ。「一木一草」に至るまで、その生命を愛おしむべき存在としてである。それが、この場所に住む者の使命であるかのように。

『皇居の植物』で、唯一、ヒロヒト直筆の文章であることが確認されている序文で、ヒロヒトはこんなことを書いている。

「昭和3年9月に赤坂離宮（現在の迎賓館）から宮城（現在の皇居）へ移って以来、服部廣太郎博士の指導の下で変形菌の調査研究を続け、更に種子植物の調査を始めた。

この調査には生物学研究所員、主として眞田浩男君が手伝ってくれた。同君は、昭和15年発行の牧野富太郎著『日本植物図鑑』により、いわゆる武蔵野植物の採集と栽植とにつとめてくれた。しかしそれが成功しなかったのは、この地域に限らず到るところで時勢の推移に伴い、自然環境が著しく変化したからであった。吹上と西の丸との地域にしても、江戸時代や明治以後の由緒ある歴史的建造物や園池があり、栽植のための草木を贈られても適地に移植し得るとは限らなかった」

この後、ヒロヒトは、皇居の中に生きる植物を、一つ一つ、名指して取りあげ、その由来を記憶の中から探り出してゆく。そして、最後に、こういうのである。

「自然の保護はますます困難になるであろうが、自然に親しむことが大切である。武蔵野の自然が都心から遠ざかってしまった今日、この地に適した武蔵野植物をよみがえらせたい。西の丸・吹上以外の東地区も自然の景観が落ち着いてきたように思われる」

わたしは、ヒロヒトの書いた文章をよく読む。それは、どれもシンプルだ。文学者が書いた文章ではないのでシンプルということではない。なんとなく、この文章の向こう側には、これを書いた個人・ヒロヒトなどいない気がするのである。どんな文章にも、それを書く人の個性が表れるのだとしたら、ヒロヒトの文章には個性があまり見られない。もしかしたら、個性などというものを持ってはいけない、と教えられてきたからなのかもしれない。なにしろ、かつて、彼は「神」だったのだから。

だが、植物について書くときは、ちがう。そこには、確かに「ヒロヒト」がいる。昆虫学者のファーブルのように、植物学者の牧野富太郎のように、ただもう、目の前の昆虫や植物が好きで好きでたまらない人間がいるのである。

わたしの手元に、一九五四年に刊行された『皇居に生きる武蔵野』(毎日新聞社社会部・写真部編、毎日新聞社)という写真集がある。ここには、終戦後すぐの皇居内の植物、それから生き物たちの写真が数多く掲載されている。そこは、長い間、日本国民にとって、もっとも大切な場所であったが、それは、国家のシンボルであり、神でもあった天皇が住む場所であったからだ。だが、そんな時代が終わりを告げてしばらくして、この本が出た。

そこで、人々は、ヒロヒトと皇居の、それまでまったく知られることのなかった一面を知ったのだ。

本の最後に、侍従長であった入江相政《いりえすけまさ》が「名も知らぬ花」というタイトルの文を書いている。

「昭和十二年の七月にはじまったシナ事変が、だんだん大きくなっていったころから、陛下はゴルフを全くやめておしまいになった。ゴルフといっても、吹上御苑に八ホールのごく小さなものがあって、そこでしていらっしゃったのだが」

戦火が近づく中で、皇居の中に、おそらく国民の誰も知らないゴルフ場があった。だが、ヒロヒトは、ゴルフなどする気持ちにはなれなかったのだろう。

「長年刈られていたために、それまでは全く気づかなかったが、刈られなくなって見ると、フェアウェイであったところから、『かわらなでしこ』が延びて来て桃色に咲いたり、少し斜面になった日陰には『ほたるぶくろ』が薄紫の大きな花をつけたりした。刈らなければいろいろな草が花を見せてくれるとお喜びになったのがそもそものはじめである」

そして、この国が戦争に向かってひた走り始めた頃、いやもうすでに中国で泥沼の戦いが始まっていた頃、ヒロヒトは、皇居の植物を調べ、そこにはない、武蔵野の植物の移植をするようになったのだ。

「それまでの一株々々今植えましたというようなぎごちない人工から離れて、御苑全体に武蔵野の風趣がただよいはじめたのは、このころからのことである。それは昭和十六年ぐらいからだったろう……そうこうしているうちに戦争になってしまった。『あまな』の花が早春の光をあびて、おののきながら咲いているのをいつまでも眺めていらっしゃった。『さぎごけ』や『たつなみそう』、『ほたるかずら』の澄んだ瑠璃《るり》色《いろ》。ゴルフ場のバンカーであった砂地からは『かわらけつめい』が黄色い花を咲かせた。『ふたばあおい』や『かんあおい』の、花だか何だかわからないような花。普通には『名も知らぬ花』という一言でかたずけられてしまうさまざまの野草の花の数々から、陛下はどれだけの慰安を与えられていらっしゃったかわからない」

この国が戦乱の真っ只中で呻吟していた頃、その国の最高責任者である彼は、それ以外の時間を、国家や軍や国民と向き合う以外の時間を、つまり、自分自身の時間を、皇居の植物と向かい合うことで過ごしたのである。

それは戦争が終わった後も変わらなかった。ヒロヒトは、害となる草すら安易には抜かなかったといわれている。

「ややもすればはびこりがちな『やぶからし』すら無意味には取り除こうとなさらない。大事にしていらっしゃる植物にまつわりついて、その息の根をとめてしまうかと思われるような場合には、これらの蔓草をお切りになるが、たいていは蔓の方向を変えることによって御珍蔵の植物も守り、蔓草にも生をうけしめようとしていらっしゃる」

「陛下は毎日吹上の御苑から道灌堀を越える坂道を経て、紅葉山の横から宮内庁の庁舎に通っていらっしゃる。徒歩で十分の道。雨の日も風の日も、この坂道のあたりは春になると、お庭のことをしている吉田武生さんが、自分の家の近くの戸塚の山から持って来た『えびね』が咲いたり、春蘭がつつましやかに薄青く咲いたりする。紅葉山の桜も関東にはちょっと類があるまい。秋になって『もず』が来るころになると、このあたりには彼岸花がかたまって火のように燃える。毎年々々『おしどり』の雛は何羽となく巣箱から巣立っては道灌堀に舞い下りる」

わたしは東御苑も歩いた。このときは、ツアーではなく、ひとりで勝手に。こちらは自由に歩くことができるのである。

まず、平川門から中に入った。梅林坂を登り、書陵部庁舎の前を通り抜けると、広大な広場と大きな石垣が見えた。天守台である。この石垣の先に、かつては江戸城本丸御殿があったのだ。

それから、汐見坂を抜けて、大手門から外へ出た。そして、ゆっくりとお堀に沿って、時計回りに、皇居の外側を歩いた。たくさんのマラソンランナーたちが軽快に走って、わたしを追い抜いていった。彼らにとって、この場所は、眺めが良く、都会としては例外的なほど、空気のきれいな、走るのに適した場所だった。それ以外の意味などなかったのだ。

桜田門から半蔵門、それから千鳥ヶ淵へ。ずっと、堀の向こう側には深い森が見えた。それは『皇居に生きる武蔵野』の森であり、『皇居の植物』に載った夥しい植物が住む森であった。

ツアーで見た吹上御苑の森を、わたしは、さっきとは反対側から見ながら、歩いていった。どこまでも樹がつづいていた。堀には鳥が浮かび、皇居の森からは、鳥たちの声が響き、樹の間を、彼らが翔んでゆくのが見えた。


その樹たちすべてに名前があり、鳥たちすべてにも名前がある。だが、残念なことに、わたしは、その名前をほとんど知らなかったのである。そのことが、ひどく悲しかった。

ここに長く住んで、戦争を駆け抜けた「あの人」は、樹たち、草たち、虫たち、鳥たちの名前を、いくらでもあげることができたそうだ。国を治め、「神」であることが義務であったにもかかわらず。

いや、もしかしたら、「あの人」は、別の意味で「神」だったのかもしれない。わたしは、ぼんやりそんなことを考えていた。

参考文献

・加藤百合『大正の夢の設計家　西村伊作と文化学院』朝日選書　一九九〇年
・松山秀明『テレビ越しの東京史』青土社　二〇一九年
・講談社編『東京オリンピック　文学者の見た世紀の祭典』講談社　二〇一四年
・NHKスペシャル『雨の神宮外苑　学徒出陣　56年目の証言』NHKエンタープライズ　二〇一〇年
・加藤典洋『大きな字で書くこと』岩波書店　二〇一九年
・伊丹万作『新装版　伊丹万作全集1』筑摩書房　一九八二年
・地球の歩き方編集室『地球の歩き方　東京　2021〜22』学研プラス　二〇二〇年
・石井妙子『女帝　小池百合子』文藝春秋　二〇二〇年
・カフカ『断食芸人』原田義人訳　青空文庫
・小宮輝之『物語　上野動物園の歴史』中公新書　二〇一〇年
・藤子不二雄Ⓐ『81歳いまだまんが道を…』中公文庫　二〇一五年
・中川右介『手塚治虫とトキワ荘』集英社　二〇一九年

・田山花袋『東京の三十年』岩波文庫　一九八一年
・国木田独歩『武蔵野』岩波文庫　一九三九年
・中沢新一『アースダイバー』講談社　二〇〇五年
・村上春樹『1Q84　BOOK1』新潮社　二〇〇九年
・ロラン・バルト『表徴の帝国』宗 左近訳　ちくま学芸文庫　一九九六年
・生物学御研究所編『皇居の植物』保育社　一九八九年
・毎日新聞社（東京）社会部・写真部編『皇居に生きる武蔵野』毎日新聞社　一九五四年

初出　集英社クオータリー「ｋｏｔｏｂａ」２０２０年春号〜２０２２年冬号

高橋源一郎《たかはしげんいちろう》

作家。一九五一年、広島県生まれ。横浜国立大学経済学部除籍。一九八一年『さようなら、ギャングたち』で群像新人長編小説賞優秀作を受賞しデビュー。『優雅で感傷的な日本野球』で三島由紀夫賞、『日本文学盛衰史』で伊藤整文学賞、『さよならクリストファー・ロビン』で谷崎潤一郎賞を受賞。他の著書に『お釈迦さま以外はみんなバカ』（インターナショナル新書）、『ぼくらの民主主義なんだぜ』（朝日新書）、『「ことば」に殺される前に』（河出新書）など多数。

失《うしな》われたTOKIO《ときお》を求《もと》めて

二〇二二年四月一二日　第一刷発行

インターナショナル新書〇九七

著者　高橋源一郎《たかはしげんいちろう》

発行者　岩瀬朗

発行所　株式会社 集英社インターナショナル
〒一〇一－〇〇六四 東京都千代田区神田猿楽町一－五－一八
電話 〇三－五二一一－二六三〇

発売所　株式会社 集英社
〒一〇一－八〇五〇 東京都千代田区一ツ橋二－五－一〇
電話 〇三－三二三〇－六〇八〇（読者係）
〇三－三二三〇－六三九三（販売部）書店専用

装幀　アルビレオ

印刷所　大日本印刷株式会社

製本所　大日本印刷株式会社

©2022 Takahashi Genichiro　Printed in Japan
ISBN978-4-7976-8097-3　C0295

定価はカバーに表示してあります。
造本には十分注意しておりますが、印刷・製本など製造上の不備がありましたら、お手数ですが集英社「読者係」までご連絡ください。古書店、フリマアプリ、オークションサイト等で入手されたものは対応いたしかねますのでご了承ください。なお、本書の一部あるいは全部を無断で複写・複製することは、法律で認められた場合を除き、著作権の侵害となります。また、業者など、読者本人以外による本書のデジタル化は、いかなる場合でも一切認められませんのでご注意ください。

インターナショナル新書

025
お釈迦さま以外はみんなバカ
高橋源一郎

キラキラネーム考察／「ラブホの上野さん」の文章指南／大阪おばちゃん語の憲法／名作を2秒で読む？／翻訳できない世界のことば……。作家が見つけた素敵な言葉と表現の数々。その秘められたる意味を深掘りする。

096
江戸藩邸へようこそ 三河吉田藩「江戸日記」
久住祐一郎

三河吉田藩（現・愛知県豊橋市）で綴られた古文書類から、江戸藩邸の役割、脱藩・殺人・窃盗など藩邸内で起きた事件や面白いエピソード、女性たちが暮らす「奥向」など、知られざる藩邸の内側を紹介する。

098
ウルトラ音楽術
冬木透
青山通

作曲家・冬木透はいかにして音楽の道へ進み、ついには『ウルトラセブン』の楽曲を生み出したのか？　作曲・録音・選曲といった制作工程や、各監督との思い出など、ファン垂涎のエピソードが満載！

099
言葉の周圏分布考
松本修

「アホ・バカ」「マン・チン」に続く第三弾！　五十数枚のカラー方言分布図で、懐かしい言葉に楽しく再会。また、『源氏物語』の「戻る」の謎を解く壮大な知の旅へ。日本語の「周圏分布」についても、深く論じます。